光文社文庫

文庫書下ろし／長編時代小説

くノ一忍《しの》び化粧

和久田正明

KOBUNSHA

光　文　社

この作品は光文社文庫のために書下ろされました。

目次

序章

元禄時代とは、五代将軍綱吉《つなよし》が将軍職に就いた延宝《えんぽう》八年（一六八〇）から、彼が病死した宝永《ほうえい》六年（一七〇九）までの足かけ三十年をいう。

その間に年号は延宝、天和《てんな》、貞享《じょうきょう》、元禄、宝永と移ろい、延宝が八年、天和が三年、貞享が四年、元禄が十六年、宝永が七年で、元禄が一番長く、そのため総括的に元禄時代と言われている。

この約三十年は大名や旗本ら、武家社会の贅沢文化の波が町人階級にまで及び、人みな華美を競い、浮かれ騒ぎ、明るく陽気な一面があった。

そして元禄時代を代表するものといえば、「生類憐《あわれ》みの令」と、「赤穂《あこう》義士の討入り」である。

第一章　元禄十五年・春

一

値千金《あたいせんきん》の宵《よい》なのに、あらくれ春飆《しゅんぴょう》が吹きまくっていた。そのせいで一面に桜花が雪のように降っている。

時刻はもはや五つ半（九時）に垂《なん》んとし、商家が軒を連ねる本所《ほんじょ》二つ目のそこいらは、すっかり寝静まってカタとも音がしない。夜風の鳴き声だけである。

ところが——。

どこかの家のなかから、悲鳴が聞こえたのである。声の主が男か女かはわからない。

そこへやって来た三人の娘の足が、ヒタッと止まった。

それはどこから見ても尋常な町娘たちで、髷《まげ》を娘島田《むすめしまだ》に結い、この頃流行《はや》りの結柴《ゆいしば》、菊重《きくがさ》ね、蟹取《かにと》りの地味な小紋柄《こもんがら》の小袖をそれぞれ着ている。そして足運びをよくするためなのか、着物の裾を短めに着付けている。まるで旅装のような身拵《みごしら》えなのである。

三人の視線が鋭く絡まり合った。しかし誰も言葉を発せず、無言である。彼女たちの耳が声の主を探している。だが悲鳴はそれきり聞こえてこない。

薊《あざみ》の目が一軒の商家に注がれた。

萩丸《はぎまる》と菊丸《きくまる》もその家を見ている。

また春飆が鳴いた。

薊はまだ芳紀《ほうき》十八歳なのに、すでに女らしい情感を湛《たた》えた美形である。馥郁《ふくいく》とした若さは匂うようで、しなやかな肢体を持ち、切れ長の明眸《めいぼう》が気高い。

萩丸もまたきれいな瓜実顔《うりざねがお》で、雪白の貌《かお》に微《かす》かにそばかすを散らせ、黒く大きな瞳に鋭い眉宇《びう》を具《そな》えている。

菊丸はやや丸顔で色浅黒く、山猫のような吊り上がり気味の双眸《そうぼう》を持ち、痩身《そうしん》の身は引き締まって、野性的な乙女だ。

萩丸と菊丸は共に十七歳である。

薊が目顔でものを言い、三人は共に草履《ぞうり》を脱ぎ、素足になってふところへ収めた。菊丸が身を屈《かが》めた。

薊がその背に跳び、パーンと軽く商家の屋根へ舞い上がった。

萩丸がそれにつづいて跳び、身を起こした菊丸に屋根から鞘《さや》ごとの短剣を差し出した。その鞘の先をちょっとつかんだだけで、菊丸も軽々と屋根に跳んだ。

彼女たちの動きは一糸乱れず、こういうことに熟達しているのである。それに短剣を持ち歩いているなど、とても尋常な町娘たちとは思えなかった。

二階の窓を開け、三人の姿が内部へ吸い込まれた。

暫《しば》し闇に目を慣らし、三人が動きだす。

二階は無人で、階下から腥風《せいふう》漂い、不穏な様子が伝わってきた。男と女の啜《すす》り泣く声も微かに聞こえている。

黒光りした階段の端を踏み、三人が音をさせずに下りて行った。

廊下に斬殺された手代《てだい》二人の骸《むくろ》が転がっていた。

血溜りを踏まず、それを跳び越えるようにして三人が先へ進む。

無残な骸を見ても、彼女らの表情に驚きはない。鉄面皮《てつめんぴ》なのか、能面のようなのだ。しかしそれは感情がないのではなく、戦闘に際してすでに臨戦態勢に入っているからで、三人はそういう特殊な訓練を受けた娘たちなのである。
おおよその状況に察しをつけ、三人がすばやく闇に散らばった。

家人、奉公人の三十数人が女中部屋にひと固まりにされ、怯《おび》えて身を寄せ合うようにしていた。それだけの総数だと、中規模のお店《たな》ということになる。全員が生きた心地のない様子で、なかには啜《すす》り泣いている者もいる。

奥の間の方から、ジャラジャラッと小判を漁《あさ》る音が聞こえていて、やがてそれがやみ、盗《ぬす》っ人《と》の二人が唐紙《からかみ》を開けて入って来た。

二人は一同をグルッと見廻《みまわ》し、主《あるじ》と肩寄せ合うようにしている内儀《ないぎ》に目を止め、近づいて右の手首をひっつかんだ。そしてむりやり引きずって行こうとすると、内儀が泣き叫んで必死で拒んだ。主や番頭が二人に縋《すが》って許しを乞うが、長脇差《ながどす》を突きつけられて何もできない。

そうして内儀は畳の上を引きずられ、奥の間へ連れて来られた。

そこには燭台《しょくだい》が置かれ、裸蠟燭《はだかろうそく》が赤々と燃えており、盗っ人の頭目《とうもく》と副格が待ち構えていた。どちらも下品で兇悪な面相だ。

黒ずくめの一味四人の真ん中に、内儀が引き据えられた。

内儀は怖ろしさに顔も上げられず、若く豊満な肢体を竦《すく》めるようにし、身も世もない風情である。

頭目がぎらついた目で一同を見廻し、内儀の襟首《えりくび》をつかんで隣室へ連れて行った。唐紙を閉め切り、抗《あらが》う内儀の頰を容赦なく殴りとばし、強引に寝間着の細紐《ほそひも》を解いた。雪のように真っ白な女体が露《あらわ》にされる。

「思った通りだぜ」

三十半ばの頭目は女体に感嘆の目を這《は》わせていたが、乱暴にのしかかり、事に及ぼうとした。

その時、闇のなかから白い短剣が蛇《へび》が這うように伸びてきて、刃《やいば》を上にし、怒張した頭目の陰茎《いんけい》をスパッと切断したのである。

「ぐわっ」

頭目がくぐもった声を発し、女体から身を離して激痛にのたうち廻った。股間から凄《すさ》まじい量の血が噴き出し、みるみる勢いを失った陰茎が畳を転がって行く。

内儀は頭目の身に何が起こったのかわからぬまま、急いで腰で逃げ、寝間着をたぐり寄せて手早く肌を隠し、そっちを見た。

いつの間に忍び込んだのか、黒い影が頭目の躰《からだ》に馬乗りになり、白刃《はくじん》をふりかざして一気に止《とど》めを刺した。そしてキッと内儀の方を見た。

内儀が薊と目と目を合わせた。

薊が無言でうなずき、内儀もひきつった表情でうなずき返した。

隣室の方でも烈《はげ》しく争うような乱れた音が聞こえていたが、やがてそれもやんで静かになった。

パッと唐紙を開け、萩丸と菊丸が立った。

もうその時には薊は血刀を拭《ぬぐ》って鞘に納めていて、萩丸たちの方へ寄って行った。

座敷には副格と二人の手下の骸が、無残に転がっていた。

そこで三人が内儀を見た。

内儀は目を伏せ、うつむいたままで、薊たちへ深々と頭を下げた。そしておずおずと顔を上げた時には、彼女たちは幻の如《ごと》くに消え去っていた。

ややあって、主と奉公人たちが恐る恐る集まって来て、盗っ人どもの骸に叫び声を上げて大騒ぎになった。

主がすかさず内儀に寄って、

「いったい何があったんだね、お絹《きぬ》」

声を震わせて言った。

内儀はおぞましい悪夢を振り払うかのように、かぶりをふって、

「わ、わたしは何も見ていません。きっと仲間割れですよ、勝手にこういうことになったんです」

薊たちの去った方を見やり、ひそかに感謝の目になった。

二

江戸の初期、家康《いえやす》入国の頃に本所は蘆荻《ろてき》が群生した沮洳《そじょ》の地であった。その荒れ地のなかに浮島の如くに田圃《たんぼ》が点在し、一帯はまだ本所村と呼ばれていた。

それが明暦《めいれき》の大火（一六五七）後に大きな変貌《へんぼう》を遂げ、竪川《たてかわ》、横川、横十間川《よこじっけんがわ》を開鑿《かいさく》して水路を発達させ、元禄元年（一六八八）には旗本二百四十家をここへ移し、さらにそこへ、水利に依存する商家が大挙して移住してきて、今の繁栄に至った。

人が集まれば必然として、飲食、女、賭博《とばく》の需要が発生するものなのである。

本所三つ目の竪川の河岸《かし》沿いに花町という町があり、表通りには乾物類卸《おろし》、蠟《ろう》燭《そく》問屋、下り酒問屋、足袋股引所《たびももひきどころ》、味噌《みそ》問屋、米問屋などの商家が軒を連ね、その一つ裏に弁天《べんてん》長屋はあった。

弁天長屋は二軒長屋で、柿葺《こけらぶき》屋根の二階建である。

これは当時の長屋としては高級な部類に属するもので、間口二間半《けん》（四・五メートル）に奥行きは三間（五・五メートル）となり、二帖の土間と二帖の台所、一階八帖に押入れ、連子格子《れんじごうし》の窓、それと二階に上がる階段付。二階も八帖に押入れ付で、物干台《ものほしだい》までついている。一般の棟割長屋は平屋で、土間と台所、一間《ひとま》のみで押入れのない造りなのである。

それでいて弁天長屋の前はすべて商家の裏手だから、人目につかない構造になっている。

二軒長屋の一軒に、薊、萩丸、菊丸の娘三人が同居していて、隣家には色四郎《いろしろう》という絵馬《えま》売りが住んでいた。

今しもその色四郎が、天秤棒《てんびんぼう》の両端に幾つもの小絵馬をぶら下げ、ガラガラと賑《にぎ》やかな音をさせながら商いから帰って来た。

色四郎は三十前後のやさ男で、のっぺりした顔に凡庸《ぼんよう》な目鼻のついた一見どこにでもいる平凡な男である。身ごなしが軽やかだから歳《とし》より若く見え、売り商いには適しているものと思われた。

絵馬奉納《えまほうのう》というものは、元来神仏に馬を献じて雨乞いや止雨を祈願するものだったが、元禄のこの頃になると、額に馬、狐《きつね》、地蔵尊《じぞうそん》などを描いて家内安全、無病息災を祈るものに変わった。

それには向かい狐や向かい天狗《てんぐ》、鶏《とり》や違い大根の絵馬などがよく知られている。

色四郎は隣家の様子をそっと窺《うかが》うようにすると、自分の家のなかへ入って荷を置き、また出て来て、

「色四郎でござんすよ」

世間体《せけんてい》を憚《はばか》って隣家に声をかけ、油障子を開けた。

色四郎が家に入って来た時、萩丸と菊丸は女らしく着物の繕《つくろ》いものをしていた。

それが彼を見るなり手を止め、襟を正すようにして三つ指を突いた。

黙って二階をコナし、色四郎が座敷へ上がり、勝手知った様子で階段を上がって行く。

萩丸と菊丸もすぐにそれにつづいた。

この家は一階に萩丸、菊丸が居住し、二階を薊が一人で使っている。

薊を上座に、色四郎がその前に着座し、萩丸と菊丸が左右に座した。

「薊様、ゆうべはどちらに？」

色四郎が含みのある言い方で問うてきた。平凡な顔つきにやや変化が生じ、目の

奥に油断のならない光が宿っている。

薊は一瞬、萩丸たちと視線を交わし、

「昨夜は両国橋《りょうごくばし》を渡って、広小路へご飯を食べに行っておりました。それが何か？」

「二つ目の煙草《たばこ》問屋に押込みがあったのでございます。それが面妖《めんよう》なことに、四人組の盗賊は勝手に仲間割れをして自滅してしまったとか。ですから手代二人が斬られたものの、金は取られなかったそうなのです」

「それのどこが面妖なのですか。賊どもが自滅したのならそれでよいではありませぬか」

色四郎が目許《めもと》に笑みを浮かべ、

「わたくしはそうは思うておりません」

そう言って、萩丸と菊丸を見た。

二人がとっさに目を伏せる。

「薊様、あれはおまえ様方の仕業ではないのですか」

色四郎に止めをさされ、薊は微苦笑で、

「見破られてしまいましたか」

「わたくしの目は節穴ではございません。町で事件を聞いて、すぐにピンときました」

「行きがかり上、やむをえなかったのです。予定外の行動でした」

色四郎がスッと真顔になり、

「ひとつ間違えば面倒なことになります。われらの正体が知られるようなことがあってはなりません」

「わかっています。これから気をつけましょう」

「ハイ、それでよろしい」

色四郎はあっさりその件を打ち切り、さらにしかつめらしい顔になると、

「とんでもない仕事が舞い込みましたよ、薊様。頼み人のお名を聞いたら仰天でございます。わたくしも尻込みするほどでして、どうしたものかと悩みました」

薊が表情を引き締めて、

「申すがよい、色四郎」

「はっ」

色四郎が目で萩丸たちを呼び寄せ、四人は額を寄せ合って密談を始めた。

四人の正体は忍びの者で、薊は上忍《じょうにん》、色四郎は中忍《ちゅうにん》、萩丸と菊丸は下忍《げにん》なので

ある。

薊たちは甲陽流《こうようりゅう》忍法の使い手で、始祖は禰津神平信政《ねづしんぺいのぶまさ》だ。この禰津氏を辿《たど》って行くと、かの武田信玄《たけだしんげん》公に行き当たる。信玄流軍学の同系列に甲陽流忍法はあり、枝分かれしたものなのだ。

戦国時代、情報戦の必要から信玄は忍び、くノ一の育成にどの武将よりも力を入れ、そこで確立されたのが甲陽流忍法であった。

したがって薊たちはその流れを汲《く》む忍びであり、末裔《まつえい》ということになる。そして色四郎の方は、武田直系の三ツ者《みつもの》と呼ばれる忍びなのだ。

今は戦国から遠く離れた元禄の御世で、太平の只中《ただなか》にある。戦《いくさ》がないから情報戦に必死になることもなく、身の危険に晒《さら》されることもない。

しかし忍びの身についた習性で、決して太平楽に暮らせないのが彼らなのである。甲斐国《かいのくに》を離れ、こうして江戸に流れ着いて暮らすうち、何かをせねばという使命感から、薊たちはある「仕事」を始めた。

それは紛争の鎮圧、刺客依頼、あるいはその阻止である。諜報活動はお手のものゆえ、芸は身を助くなのだ。生活があるから、一件幾らでそれらの仕事を請負い、報酬を得ている。

しかし昨夜のような件は一文《もん》にもならないわけで、行きがかり上、義を見てせざるは勇なきなり、となったものだ。

「受ける受けないは、薊様がお決め下され。われらはそれにしたがいまする」

色四郎が言い、萩丸たちも薊を注目した。

「では先様にまずは会ってみましょう。詳《つまび》らかな話を聞いた上で、判断致します」

明眸に緊張を浮かべ、薊が言った。

三

その夜、薊が単身で赴《おもむ》いた先は、向島小梅村《むこうじまこうめむら》にある水戸家《みとけ》下屋敷であった。

本所から東北へ進み、大川橋（吾妻橋《あづまばし》）を渡ればもう向島である。

源森川《げんもりがわ》に篝火《かがりび》が焚《た》かれ、漁夫が何人かで白魚《しらうお》を漁《すなど》っている。大川を挟んだ対岸は山谷堀《さんやぼり》で、幾つもの小田原提灯《おだわらぢょうちん》の灯が木々の間を見え隠れしている。新吉原《しんよしわら》通いの遊客の乗った町駕籠《まちかご》である。

それは夜の帳《とばり》の下りたなか、のどかで風情のある光景だった。

水戸屋敷の裏門へ廻り、御用人《ようにん》の片倉《かたくら》様をお呼び願いたいと門番に言い、自分は本所三つ目の絵馬屋の使いだと薊は告げた。そう示し合わせてあるのだと、色四郎から聞いた通りに言った。

今宵の薊は藍色《あいいろ》に白い小花を散らせた小袖姿で、守り刀を帯の間に差し込み、武家娘の身拵えになっている。

御家門であり、尾張《おわり》、紀州《きしゅう》、水戸の徳川御三家の家柄だけに、下屋敷といえども宏大な敷地を擁し、一万八千五百坪もあった。ちなみに小石川の上屋敷は十万坪弱、そのほかに駒込《こまごめ》と目白《めじろ》に二つの中屋敷もあるのだ。威風堂々たる天下の水戸三十五万石なのである。

やがて門番に通され、教えられた裏玄関へ行くと、式台の所に鶴のように痩せた老年の武士が立って待っていた。

それが用人の片倉靭負《ゆきえ》で、老獪《ろうかい》さなどみじんも感じられず、枯淡《こたん》に生き、仁慈に厚き人柄であることが薊にはすぐにわかった。

この老武士が裏で手を廻し、色四郎につなぎをつけてきたのだ。

「薊と申します」

多くを語らず、薊はそれだけ言って頭を下げた。

「おう、そこ元がのう」

もっと違う娘を想像していたのか、予想外の顔になり、片倉が柔和な笑みを浮かべて、ついて参れと言った。

大きな屋敷の長廊下を幾つも曲がり、薊が通されたのは、上段に御簾《みす》のかけられた広い座敷であった。藩主の御座所《ござしょ》のようだ。

「殿は滅多にこちらには参られぬ。今宵はそこ元に会うためにの、お越し遊ばされた。間もなく参られるゆえ、暫し待つがよい」

と言い残し、片倉は姿を消した。

ジッと待つ間、さすがに薊は緊張と胸の高鳴りを禁じえなかった。

これから会うのは水戸徳川家、三代当主綱条《つなえだ》なのである。二代光圀《みつくに》は長らく隠居の身であったが、二年前の元禄十三年（一七〇〇）に七十二年の生涯を閉じていた。それより先立つ元禄三年に、綱条は家督《かとく》を継いだのだ。

記録によれば、綱条は光圀の子というわけではなく、水戸家分家の高松松平家《たかまつまつだいらけ》、松平頼重《よりしげ》の次男として生まれ、その後、本家光圀の養子となっている。

やがて足音高く、元気な様子の男が上段へ入って来た。それが四十七歳になる壮年の当主綱条である。水戸家の血筋なのか、体格が立派で雄偉な男ぶりだ。

近習《きんじゅう》の者を連れず、薊と対面するが御簾が邪魔と思ったのか、みずから床の間の房紐《ふさひも》を引いてそれを巻き上げた。

そしてこれでよいと満足げに言い、篤《とく》と薊に見入って、

「苦しゅうない、面《おもて》を上げい」

薊がオズオズと顔を上げた。その表情が硬い。

「おお、美形であるな。そなたが忍びとはよもや誰も思うまい」

感じたままを言った。どうやら綱条は率直な人柄のようだ。

それでも薊は硬い表情を崩さぬまま、

「甲陽流忍法、上忍の薊と申します」

「うむ、聞いておるぞ。甲斐の武田信玄公の流れを汲むそうな。戦場でそなたのような美形に会うたら、余は降参じゃ」

カラカラと楽しそうに笑った。

「それでは、本旨をお聞かせ下さりませ」

「そうじゃな」

そこで綱条は真顔に戻り、

「播州赤穂《ばんしゅうあこう》の件、知っておるな」

「はい」

薊の顔に、サッと新たな緊張がみなぎる。播州赤穂浅野家《あさのけ》に対する反応だ。

「大石内蔵助《おおいしくらのすけ》が吉良上野介《きらこうずけのすけ》に仇討《あだうち》をするや否や、長らく世間の耳目が集まるところであった。ところがこたび、さる筋より確かな知らせが得られた」

薊が無言で綱条を見た。その顔色は青褪《あおざ》めているようだ。

「大石はやる腹とわかった」

薊が息を呑んだ。

「余としては、いや、水戸家としては大石に助っ人してやりたい気持ちよ。刃傷《にんじょう》はよくなかったが、やむにやまれぬ事情があったればこそ、浅野内匠頭《たくみのかみ》は五万石を投げうち、吉良上野に刃を向けたのであろう。それが何ゆえ浅野だけ切腹となり、吉良はお構いなしなのか。去年からこっち、そなたも知るようにそれで満天下は沸いておる。どう考えても、綱吉《つなよし》公のご裁許は間違っておられるのだ」

親戚なのに、綱条は将軍綱吉を堂々と非難している。

薊は無言だ。

「まっ、今さらそれを申しても詮《せん》ないことだがの。しかるに問題は城代家老大石内蔵助の動向であった。上手《じょうず》の手からもかならず水は漏れる。赤穂の残党が討入りに動いているとわかったところで、そこでな、気障《きざわ》りなことが余の耳に入った」

「綱吉公の一人娘、鶴姫君《つるひめぎみ》が大石暗殺を企《たくら》んでいると申すのじゃ」

「……」

薊が再び息を呑んだ。

五代将軍綱吉は子宝に恵まれず、生涯に得た子女は鶴姫と徳松《とくまつ》の二人だけである。いずれも側室お伝《でん》の方が生したものだが、徳松はわずか五歳で早世し、生き残ったのは鶴姫だけなのだ。それだけに彼女は溺愛され、天衣無縫《てんいむほう》に育ったという。

「鶴姫君はおん歳二十六に相なり、紀州徳川家に輿入《こしい》れし、今や並びなき権勢を誇っている。当家とはむろん親戚筋ということになるが、余はそれが大いに気に食わん。ここだけの話だが、元より水戸は紀州家との反りが合わんのだ。鶴姫君が大石暗殺を企むのなら、余は意地でもそれを阻止してやろうと思うたのじゃ」

「鶴姫様は、何ゆえ大石殿の暗殺を」

「父君である綱吉公に加担してのことであろう。麗《うるわ》しき親子愛じゃな。大石が仇討を成就《じょうじゅ》致さば、世の軍配は赤穂浪士どもに上がる。幕府の威信も揺らごうというものよ。そこで鶴姫君は、大石を亡き者にせんと考えたのではあるまいか。余はそう思うぞ」

「……」

「どうじゃ、やってくれるか」

「はっ？　あ、いえ……」

薊は烈しく狼狽《ろうばい》している。

「それがそなたの仕事であろう。鶴姫君の放った刺客を闇討してくれぬか。なんとしてでも、赤穂の残党どもに仇討本懐を遂げさせてやりたいのじゃ」

「その儀、お待ち下さりませ」

薊は必死の目だ。

「なんとした」

「わたくしにはできませぬ」

凍りついたような薊の声だ。

「怖気《おじけ》づいたか」

「いえ、事情がございます」

「それを申せ」

「ここでは申せませぬ」

「それでは得心《とくしん》がゆかぬぞ」

「重々、承知の上で、この儀はなかったことに」

「それはできぬ」

「……」

「できぬぞ、薊。余とて秘密は守らねばならん。そなたを生かしてここから出すわけには参らぬ」

「で、でもございましょうが……仰せの意味はよくわかります、悪いのはわたくしの方でございます。どうか、お許しを」

薊がひれ伏した。

「ならん」

綱条が脇差を抜き、上段から薊の前へズカズカと下りて来た。

薊がスッと顔を上げ、綱条と睨《にら》み合うようにした。

綱条は一歩も引かぬ気構えだ。

やがて薊が覚悟の目を閉じた。

「では、ご存分になされませ」

綱条が憤懣《ふんまん》を滾《たぎ》らせ、目を血走らせて、

「なぜだ、なぜそれほどまでに」

「申せませぬ」

「もしやそなた、鶴姫君から先に意を受けていたか」

綱条が食い入るように薊を見た。

「誓ってそれはございませぬ。ひとえに、わたくしの方の事情にございますれば」

「………」

綱条が脇差を鞘に納めた。

「もうよい、行け」

薊がハッと綱条を見た。

「なかったことにしてやる。立ち去るがよいぞ」

「………」

薊が綱条へ向かって深々と叩頭《こうとう》し、そっと席を立って、「申し訳ございませぬ」と小さな声で言い、御座所を出た。

四

そうして長廊下を戻って来ると、小部屋が開いて片倉靱負が姿を現した。

薊が目を上げるや、片倉は無言でうながして、二人は小部屋で対座した。

「なぜ断る」

怒ったような片倉の声だ。

「それは……」

薊が言葉に詰まった。

「殿とそこ元とのやりとり、逐一《ちくいち》耳にしておった。秘密を打ち明けし殿に対し、わけを申さぬまま断るとはあまりに理不尽であろう。このわしとて得心がゆかぬ。有体《ありてい》に申せ」

「……」

そこまで言われ、薊は進退窮まった。

一世一代の秘密を告白せねばならない、と思った。

「では、申し上げまする」

覚悟をつけた。

「うむ」

薊はそこで鉛でも呑み込むような、悲痛な表情になり、

「実はこのわたくしは、播州赤穂藩、元城代家老大石内蔵助の娘なのでございます」

「な、なんと……」

片倉はさすがに驚愕《きょうがく》して、

「今なんと申した、偽りではあるまいな」

薊が強い目でうなずく。

「大石殿の妻女は理玖《りく》、三男二女を生したと聞き及ぶ。そこ元はそれとは別の隠し子なのだな」

「御意《ぎょい》」

「いかなる事情か、それを聞きたい」

「大石と母とのなれそめはわたくしは聞いておりませぬ。母も甲陽流くノ一でしたから、甲斐《かい》より出《い》で、諸国を巡っていたものと思われまする。そして恐らく、上方のどこかで大石と出会うたものと」

片倉はジッと、穴の開くほどに薊を見ていたが、

「ではそこ元は実父である大石殿に、怨《うら》みの気持ちでも抱《いだ》いておるのか」

「………」

薊は答えない。

「しかし……世の常として考えるなら、鶴姫君が刺客を放ったと聞けば、どんなこ

とをしてでも父君を護《まも》ろうとするのが道理ではないのか。何ゆえ殿の頼みを断る。大石殿が討たれてもよいと、よもや思うているわけではあるまい」

「あるいは、そういう気持ちもあるやも知れませぬ」

「ど、どういうことじゃ」

片倉が目を尖《とが》らせた。

「母は大石に捨てられ、若くしてこの世を去りました」

「やはり怨んでいると申すのか、大石殿を」

薊がうなずく。

「しかしそれは……あまりに大人げないとは思わぬか」

「幼少の頃より、母は大石に死なされたと胸に刻みました。ですからもはやわたくしとは無縁の人、ご主君の仇討をしようが、刺客に討たれようが、関知致しませぬ」

「……」

片倉が深い溜息をついた。

「薊、妻子ある男がほかに子を生すは世間にいくらもあることじゃ。しかし大石殿とそこ元の母御とは、そういうものとも違うような気がするぞ」

「そうではないと？」

薊の表情が微かに揺れた。

片倉がうなずき、

「水戸家が陰ながらの支援をもくろむからには、当家としても大石殿のことはよくよく調べた。そのほとんどが伝聞であるが、どの者の証言にも食い違いというものがない。亡きご主君の無念を晴らさんがため、大石殿は身命を賭《と》して事に当たっている。まっすぐなその人柄に疑いはなく、もしこのようなことがなくば水戸家で召し抱えたいほどの人物なのじゃ。それが単なる遊び心だけで、そこ元の母御と情を交わしたとはとても思えん」

「………」

「そこ元の母御との別離についても、かならずや抜き差しならぬ事情があったはず。それをみずから確かめてみようとは思わぬか」

「………」

「確かめてみて、そこ元が幼少の頃より思うていた男と変わりなくば、突き放して見殺しにするなりなんなりと、好きに致せばよかろう」

「確かめる……」

薊が明らかに動揺を浮かべ、低い声でつぶやいた。

「そうじゃ、おのれの目でしかと確かめてみい。さすれば得心が参ろうぞ」

「……」

薊は心の内がわなわなと震えるような思いがした。父内蔵助のことが頭から離れたことは一度もなかった。それは父を慕ってというものではなく、むしろ怨みの感情の方が強かった。武士でも町人でもない忍びの者の存在は、蜉蝣《かげろう》のように脆弱《ぜいじゃく》ではかないものだ。戦国時代は為政者《いせいしゃ》の下、戦の道具のように使役され、畜生同然に扱われてきた。それが忍びの実態というもので、彼らのなかには武家階級への不信感や怨嗟《えんさ》が今でも根強い。

薊もまた母に、武士に心を開いてはならぬと教えられて育った。そう言っていた母が大石の子である自分を産んだことに、もの心つく頃に烈しい衝撃を受けた。そして何ゆえそうなったのかを聞かされぬまま、母と死別したのだ。だからその答えは大石からしか得られない。

それを問い糾《ただ》す、これは千載一遇《せんざいいちぐう》の好機ではないのか。

「御用人様」

薊が三つ指を突いた。

「うむ」

「わたくし、翻意《ほんい》致しました」

「父君に会って確かめる気になったのだな」

「はい」

「しかしそれを成すには、除外せねばならぬものがある」

「刺客はわが手で成敗《せいばい》致しまする」

「できるか」

「それが仕事でございますれば」

「おお、それは重畳《ちょうじょう》、快哉《かいさい》ぞ」

片倉がふところからずっしり重い袱紗《ふくさ》包《づつ》みを取り出し、それを薊の方へ差しやった。

「百両ある。それで命を賭《か》けてくれ」

薊は無言で一礼して金子《きんす》を納め、「では」と言って出て行った。

片倉が満足げに吐息《といき》をつくところへ、隣室からそっと水戸綱条が入って来た。

「靭負、礼を申すぞ」

綱条は二人のやりとりをひそかに聞いていたのだ。

「はっ、なんの。あの娘なら成し遂げましょう。うぬが内から発せられる気魄《きはく》が只者ではございませぬ。並の娘ではないのです」

「そうなのだ。余も最初に会うた時は圧倒されたぞ。おとなしげに見えて、あれはなかなかの者よ」

そこで綱条は思いを深くして、

「しかしそれにしても、あの薊が大石の隠し子だったとは。まさに驚天動地ではないか」

「はっ」

「これで鶴姫の鼻を明かすことが叶《かな》う。紀州に目に物見せてくれるわ」

綱条が息巻いた。

五

若い娘三人の形のよい尻が、大井川《おおいがわ》を東から西へ、駿河国《するがのくに》から遠江国《とおとうみのくに》へ向かって泳いでいた。

名にし負う大井川である。あの世とこの世の界《さかい》を見るほどの大河といわれ、大雨降れば洪水となり、これまでの長きにわたってどれほどの犠牲者を呑み込んできたか知れず、聞きしにまさる難所なのだ。

それを薊、萩丸、菊丸の三人はスイスイと泳いでいる。一糸まとわぬその裸身は、まるで天女様が戯《たわむ》れているようにも見えた。衣装や旅の道具はひと括《くく》りにし、油紙に包んで頭上に結んでいる。

甲斐の山国育ちだが、水練は幼い頃より笛吹川《ふえふきがわ》で上達させたものである。

そして旅立ってから、今宵が三日目であった。

江戸から島田宿《しまだじゆく》までが五十二里九丁（二〇五キロ）で、尋常な旅人ならば四日から五日ほどかかる道程だ。

それを彼女たちはものともせず、格別急いでいるふうにも見せず、涼しい顔でやってのけている。三人とも、やはり常人とは異なる卓越した技能の持ち主なのである。

忍びが旅先で行動するのは人目につかぬ夜と決まっていて、日の暮れから夜を徹し、明け方まで速歩で歩きつづける。そして昼は寺社の軒下や祠《ほこら》のなかでひたすら寝る。余人との接触は極力避ける。だから必要がなければ旅籠《はたご》にも泊まらない。

また食い物は村々や山里のどこでも調達できるし、難儀なことはひとつもない。切《せつ》羽《ぱ》詰《つ》まれば蛇でも蜥蜴《とかげ》でも焼いて食らえばよいのだ。男女を問わず、忍びはそういう獣性を身につけていた。当てのない旅ならともかく、今は刺客の追跡に集中しているのである。

まだ雨期に入っていないから、その夜の大井川の流れは穏やかで、深みにはまることもなく対岸へ泳ぎ着けた。そこから遠州《えんしゅう》金谷《かなや》宿《じゅく》になる。

全国にある大河の水深の表現は、四尺五寸（一三五センチ）から五尺（一五〇センチ）の川越人足《かわごしにんそく》の身の丈を基準としていた。胸の高さまでなら「高水」、臍《へそ》の高さなら「中水」、それ以下は「常水」と言い分けている。川止めはこの常水を基に、河川によって定められているのだ。

大井川の常水は二尺五寸（七五センチ）と定められ、それより一尺（三〇センチ）増水し、三尺五寸の水深でも人馬を通した。だがさらに一尺増して水深四尺五寸となり、人足の背丈とほぼおなじ水深になると、やむなく川止めとなった。雨期に入ると大井川はよく川止めされ、旅人は難儀をするのだ。

だだっ広い河原を突き抜けると、葦《あし》の繁みのなかに微かに火が見えた。

三人がそこを目指す。

先乗りした色四郎が焚火《たきび》を燃やし、彼女たちを待っていた。傍《かたわ》らに担ぎ棒のついた大型の挟み箱が置いてある。そのなかには旅道具に紛れさせ、四人分の忍器が入っている。忍器とは忍びが戦闘に使う武器のことで、忍び刀、手裏剣《しゅりけん》、仕込み杖、万力鎖《まんりきぐさり》、猫手《ねこて》、握り鉄砲（短銃）、手っ甲鉤《てっこうかぎ》、折り畳みの手槍《てやり》等々、なんでもござれなのだ。

それらが見つかったら事だから、道中手形は持っていても、色四郎は決して関所は通らない。裏山伝いか、あるいは裏街道を抜けて行くのである。

近づいて来る娘たちの裸身を見て、色四郎はさり気なく目を伏せた。彼は娘たちを女と見ていないし、男の目も捨てている。それが三ツ者の忍びの掟《おきて》だった。

娘たちは油紙の包みを解き、なかから衣類を取り出して手早く着衣を始めた。

そうして帯を締めて焚火の周りに集まって来ると、色四郎がにっこり笑ってすかさず焼きたての餅《もち》を差し出した。

それを娘たちが頬張る。

大河を渡って来て、体力を消耗していた。

彼女たちが江戸を発《た》つ二日前から色四郎は姿を消し、情報収集に駆けずり廻っていた。それでこうして、大井川の西を集合場所に決めていたのだ。

薊たちはいずれも若年《じゃくねん》だが、彼女たちはもっと年少の頃から忍びの長《おさ》に連れられ、五街道を踏査していた。五街道は江戸の初めに家康が整備したものである。

また忍びというものは、あらゆる分野に知識を持っていなければ様々な階級の人間になりすますことができない。そのために幼い頃より勉学に勤《いそ》しみ、知識を吸収してきたから驚くほどに教養が高い。躰を使った技能も大事だが、知も必要なのである。

「色四郎、成果を聞きましょう」

薊が言った。

仕事の依頼を受けるのと、情報収集が色四郎の役目だから、何も得ていないということはありえなかった。

「それが、あまりはかばかしくは……」

色四郎の顔色が冴《さ》えない。

薊がツッと眉を寄せて、

「敵の正体もわからぬのですか」

「いえ、それだけはなんとか。鶴姫様から大石殿暗殺を請負ったのは、皮肉なことに宿敵の越後《えちご》でございました」

「なんと」

薊が言い、萩丸、菊丸と共に表情を険しくした。三人の間に緊張感がみなぎる。

彼ら忍びの符牒《ふちょう》で越後といえば、軒猿《のきざる》のことをいう。

武田信玄が抱える忍びを総称として透波《すっぱ》と呼ぶ一方で、軒猿は越後国の上杉謙信《うえすぎけんしん》が育てた忍び軍団なのだ。

信玄と謙信が川中島《かわなかじま》で雌雄《しゆう》を決すべく、幾度も戦ったことは名高いが、透波と軒猿の対立もまた、戦国時代からつづいているものであった。いわば双方は天敵同士のような関係なのである。

「色四郎、今の軒猿の棟梁《とうりょう》は」

「以前よりの万鬼斎《ばんきさい》でございます。それは変わっておりませぬが、こたびの作戦に万鬼斎は手の者を使わず、外部の流れ忍びを雇っているとか。そ奴らのことがまったく不明で、人数さえもわからずに困っておるのです」

軒猿の棟梁万鬼斎は、その名ばかりが轟《とどろ》いてひとり歩きをし、全国の忍びたちを畏怖《いふ》させていた。しかし顔を見知っている者は誰もいないのである。

若いのか老年なのか、あるいは萩丸、菊丸のような男名前の女なのか、その正体は一切の謎に包まれていた。

薊は暫し黙考していたが、

「敵にこちらのことはまだ知られておりませんね」

「それはまずありますまい。いずれにしても敵が先行しているわけですから、われらよりは京の都に近づいているものと思われます」

大石内蔵助は今は京の都の山科《やましな》にいるはずだった。その情報はまず色四郎が最初につかんだものだ。しかしこれも現地へ行ってみなければ、実際の大石の動向はわからない。

「ではこれより宿駅をしらみ潰《つぶ》しにして参りましょう。万鬼斎配下を見つけ出すのです」

「わかりました」

「あのう、薊様」

菊丸が山猫に似た双眸をキラキラとさせ、遠慮がちに口を切った。まるで少女のように可憐な声だ。

「わたくしたちのこたびのお役は、あくまで大石内蔵助殿をお護りすることなのですね」

念押しするように言う。

「そうですよ。大石殿の命を狙う者は迷うことなくその場で屠《ほふ》るのです。水戸家よりそのような依頼を受けました」

薊が冷徹な目で言う。

「どのような人なのでしょう、大石殿という御方は」

菊丸が胸を弾ませるようにして言った。

「さあ、それは……」

薊は答えに窮した。

すると色四郎が代って、

「あたしもね、早く見てみたいと思ってるんだよ。世間の噂通りの人だといいんだけどねえ」

「きっとそうですよ」

菊丸がはしゃいだように言うと、「わたくしもそう思います」と萩丸も言った。

大石の話題で三人が浮き立った。

薊は話に加わらず、ひとり思いに沈んだ。

大石内蔵助が噂通りの立派な人物だったらどうしよう。

いや、そんなはずはない。立派な男が母を無情に捨てるものか。きっと保身に長《た》けた嫌な人物に違いない。その証拠に大石はお家再興を願い、あらゆる筋に嘆願をしているとと聞く。まだ戦国の気風が十分に残っている元禄の世だけに、仇討の噂を利用し、真の武士のようにあちこちに売り込んでいるのではあるまいか。しかしこんな太平の世に、大挙して討入りを企《くわだ》てるなど正気の沙汰《さた》とは思えない。噂には尾鰭《おひれ》がつくのが世の常だから、実際の大石はもっとちっぽけな人物なのかも知れない。どのみち蓟には関《かか》わりのない男なのだ。

「さあ、出立《しゅったつ》しますよ」

蓟が厳しい顔になって言った。

色四郎や萩丸たちに、大石内蔵助が父親だということは明かしていなかった。

六

金谷、日坂《にっさか》、掛川《かけがわ》、袋井《ふくろい》、見附《みつけ》と過ぎ、浜松宿《はままつじゅく》へ入った。

ここまでは江戸から数えて六十五里（二五五キロ）余で、浜松は江戸と京の都の中間点とされている。

天正《てんしょう》の頃、家康が居城を岡崎《おかざき》から浜松に移したことが契機となり、城郭や城下町の整備が進んだ。それがため、浜松は東海道のなかでも最大級の宿場となったのだ。家数、人口も多く、幕末には本陣が六軒を数えるに至ったという。ふつうの宿場なら本陣は一軒か二軒なのである。

万鬼斎の顔はわからずとも、それに雇われた忍びなら見破れるはずだった。蛇《じゃ》の道は蛇《へび》で、忍びだけが持っている匂いを嗅《か》ぎつければよいのだ。

そうして宿場から宿場へ、薊たちは目を光らせて突き進んできたが、どうしたわけか怪しい奴に出くわさない。恐らく万鬼斎の差配の下、刺客たちはおのおの京の都を目指しているはずなのだ。

日没が近く、宿場の大通りは旅人や旅籠の客引きなどで賑わっていた。

問屋場《といやば》の前には何頭もの荷駄が並び、問屋場役人が荷の貫目を計っている。荷の目方には制限があって、規定を越えてはいけないのだ。

宿場にはかならずこの問屋場というものがあり、所定の伝馬と人足を常備し、公用の貨客の継立てを取り行っている。どの宿場も名主一人、年寄役八人、帳付け四人、書留役二人、馬指し八人が毎日詰めている。それらを問屋場役人というのだ。助郷《すけごう》人足も問屋場が管理しているから、そこで捌《さば》く人馬の数は日々相当なものであった。

薊、萩丸、菊丸は町人の旅姿になり、目立つので連れ立っては歩かず、つかず離れずで宿場の人波にさり気なく目を配っている。

だがやはりどこも、善男善女ばかりなのだ。

色四郎は彼女らとは行動は別だから、どこかの商人宿にでも潜り込んでいるはずだった。

そのうち薊が目顔で二人に合図を送り、分散することになった。

薊は柏屋《かしわや》という旅籠に、萩丸と菊丸は鴨川屋《かもがわや》へ、それぞれ投宿した。二つの旅籠は隣接していた。

七

夜具のなかで、薊は寝つかれないでいた。

隣室の宿泊者が押し殺した声で話し合っていて、それが連綿とつづいているのだ。

「おら、どうしても女郎屋とやらに行かねえといけねえか。そこでどんなことやらされるずら」

そう言っているのはまだ小娘のようで、澄んだきれいな声の持ち主だ。

重い沈黙が流れたのち、親戚筋らしい何人かの男たちがボソボソと口を切った。

「家のためと思って辛抱しろや。おめえが苦界に身を沈めりゃ、お父うにおっ母あ、下の弟妹たちみんなが飢え死しねえで済む。おめえさえ我慢すりゃ家族が助かるだに」

「おらたちが助けられりゃとっくの昔にやってるだに。誰が悪いんでもねえ、大水で畑のものが実らなかったのがいけねえだ。怨むなら天を怨むずらによ」

「どうだ、お里《さと》。まだ決心はつかねえか」

お里と呼ばれた小娘は押し黙っている。

「おめえのお父うは気が弱えから、おらたち兄弟におめえのことを頼んで今日は来ねえだに。先様は今からでもいいと言ってくれている。さあ、行くずらよ、お里」

お里の啜り泣く声が聞こえてきた。

「おら、帰りてえ、袋井に帰りてえだに」

里心のつくお里を、また親戚の男たちが寄ってたかって説得して搔《か》き口説《くど》く。

小娘が気の毒になってきて、薊はすっかり目が冴えてしまった。

このままでは彼女は女郎屋に売りとばされる。貧しさゆえのそういった類《たぐい》の事情は、格別珍しい話ではない。だからいちいちそんなものに関わり合っていたらきりがない。助けてやろうかとも思ったが、余計なことに首を突っこむわけにはいかない。

胸苦しいような思いがし、薊は頭まで布団を被《かぶ》って耳を塞《ふさ》いだ。

やがて唐紙の開く音がし、お里と親戚の男たちがぞろぞろと部屋から出て行く気配がした。小娘の啜り泣きはまだ聞こえている。

パッと布団を剝《は》ぎ、薊が闇を見据えた。

なんとかしてやろう、所詮《しょせん》は金で済む話ではないか。あの小娘を助けたところで、どこからも文句は出ないはずだ。

それで手早く身繕いをし、数枚の小判をふところにねじ込んで部屋を出た。

だがその時、忍びの習性で短剣を身に忍ばせることは忘れなかった。

柏屋を出ると、小娘を囲むようにして親戚の男たちがうち揃い、トボトボと行く後ろ姿が見えた。

小娘は十四、五歳か、ひっつめ髪の後ろ姿しか見えないが、痩せて小柄で、うなだれているから余計に哀れを感じさせる。

親戚の男は三人いて、いずれも野良着姿だった。

その向こうに女郎屋の紅灯《こうとう》が見えている。

追いつこうと、薊が足早になった。

するると突然小娘が逃げ出し、路地に姿を消した。泡を食った男たちが小娘の名を呼んで追って行く。

思わぬなりゆきに、薊も一行を追った。

路地裏の一本道へ出ると、小娘が遥か先を走っていて、男たちがあたふたと追っているのが見えた。

小娘の足が妙に速いのに、その時の薊は気づかなかった。早く一行に追いついて金を渡してやろうと、そのことばかりを考えていたのだ。

いつしか宿場を外れ、畑の広がる真っ暗な道へ出た。その広い道の先には、鬱蒼《うっそう》とした樹木に覆《おお》われた鎮守《ちんじゅ》の森が見えている。

一行の姿が森のなかへ消え、薊も歩を速めると、背後から近づいて来る気配がした。

「薊様」

萩丸が呼びかけた。その後ろに菊丸の姿もあった。二人とも着物を着替えている。

ふり返って、薊が目を開いた。

「おまえたち、なぜここに」

不審気に問うと、萩丸も訝《いぶか》って、

「薊様こそ、どうしたのですか」

「あ、いえ、わたくしは……」

やむなく百姓娘の身売りの件を話し、助けてやろうとあとを追って来たら、娘が急に逃げ出した経緯《いきさつ》を手短《てみじか》に説明した。

すると菊丸が目に警戒を浮かべ、

「これは罠《わな》かも知れませんよ」

薊と萩丸の両方に言った。

「罠ですと？」

問い返す薊に、萩丸も疑惑の目になってうなずき、

「そういえば、わたくしたちも薊様と似たような目に」

「どういうことですか」

「やはり隣りの部屋の話し声なのです」

萩丸たちの部屋の隣りには百姓らしい若者二人がいて、それが金に困り、宿場にある賭場《とば》の襲撃の相談を始めた。そんな相談事なら放っておけばよいのだが、彼らの話にはやむにやまれぬ事情が絡んでいて、萩丸も菊丸も同情せざるをえなくなっ

た。

　賭場を襲って金さえ作れば、代官所に囚《とら》われている父親が放免されると一人が言う。それには悪徳役人が絡んでいて、どうやら父親は無実の罪らしい。

　そしてもう一人は貧しくて家族ごと家を追い出され、一家は河原で暮らしている。金さえこさえれば、たとえボロ家でも屋根のある所に皆を住まわせられる。

　そんな切羽詰まった事情から、二人は襲撃を相談し、やがて決死の覚悟で宿を出て行った。

　他人事《ひとごと》に関わってはいけないと思いながらも、萩丸と菊丸は烈しく葛藤《かっとう》し、二人の若者を救ってやろうという結論になり、こうしてあとを追って来たのだ。

「ところが宿を出たとたん、二人の姿はかき消すように見えなくなってしまったのですよ。それで不審に思って、菊丸と探していたところなのです」

「足音がなんとなくこっちの方で聞こえたものですから、来てみました。そうしたら蓟様が」

「……………」

　小娘の身売りの話も、若者たちの賭場を襲う件も、どちらもこちらの同情心を喚起させるところが共通している。そこが臭いと、萩丸と菊丸は言うのだ。

薊は引き締まった表情になり、睨むように鎮守の森の方を見て、

「罠ならかかってやろうではありませぬか。敵の人数は六人ですね。よいですか、一人で二人です」

上忍の言葉に、下忍の萩丸と菊丸は緊張をみなぎらせて首肯《しゅこう》した。

八

鎮守の森の祠《ほこら》の前にぽつんとしゃがみ込んで、お里と呼ばれた小娘が顔を伏せて泣いていた。

砂利を踏み、薊が油断なく近づいて来た。

萩丸と菊丸は姿を消している。

「もし、どうしましたか」

薊が声をかけても、お里は顔を伏せたままで泣きじゃくっている。

「逃げたところでおまえには行く所があるまい。連れの男たちはどうした」

疑惑の目で薊が言った。

こういう時、薊は武家の男言葉になる。

「おら、もう生きていたくねえだよ。おめえさん、一緒に死んでくれねえか」

そう言う声はしわがれていて、最前の小娘のものではなかった。

薊の表情が険しくなる。

すると小娘がゆっくりと顔を上げた。

それは小娘とはほど遠い、強《したた》かそうな中年女だった。

「よお、死んでくれよ」

今度はきれいな小娘の声に戻って言い、にやっと邪悪な笑みを浮かべた。声色のうまい女なのだ。

一陣の夜風が舞い上がり、五人の男が音もなく姿を現した。それぞれが百姓らしく粗衣に身を包んでいるが、その正体は忍びだ。手に手に斧《おの》や手槍、長脇差などの武器を携《たずさ》えている。

女も背に括った短剣を抜き放ち、男たちと共に円陣を作り、薊を取り囲んだ。

「おまえたち、伊賀《いが》か、甲賀《こうが》か」

凛《りん》とした薊の声が響いた。

「そんなことはどうでもよかろう。われらはあるお人から頼まれてこうして寄り集まったのだ。おまえはここで死ぬ。京の都には行かせないよ」

女が言った。

「あるお人とは、軒猿の万鬼斎のことであるな」

「万鬼斎様と言え。食うや食わずのわれらをお救い下されたのだ。おまえを仕留めればさらにお宝が貰える」

女がつづける。

「それならどうだ、倍のお宝を出してもよいぞ。われらに寝返らぬか。秘密を明かすだけで千金になる」

女の腹を探るように薊が言った。むろんそんな気はなく、女の出方を試しているのだ。

「ふん、その手に乗るものか。われらは裏切りは好まぬ。真を尽くすのが信条なのじゃ。それっ、この娘を亡き者にしてしまえ」

女が吠《ほ》え、男たちが一斉に動いた。そして一丸となって薊に殺到した。

薊が隠し持った短剣を抜き、果敢に応戦する。白刃と白刃が激突し、火花が散った。斧や手槍、長脇差が繰り出され、薊の顔スレスレの所で風を切った。

「ギャッ」

突如、男の一人が絶叫を上げ、血達磨《ちだるま》になって転げ廻った。

天空から舞うように落下して来た萩丸が、短剣で男の脳天を叩き割ったのだ。たちまち円陣が崩れ、足並の乱れる男たちのなかに、今度は菊丸が地から湧くようにして現れ、一人を袈裟《けさ》斬りにし、返す刃でもう一人の喉を突いた。一瞬の出来事だ。

同時に別の男が叫び声を上げ、萩丸に腹を刺突《しとつ》され、悶絶《もんぜつ》した。萩丸と菊丸が殺戮《さつりく》を終えてふり返ると、薊はすでに男一人を抹殺していて、残る女と対峙《たいじ》していた。

萩丸と菊丸も女に迫る。

追い詰められた女が、やにわに白刃をおのれの喉に当てようとした。

それより早く、薊が飛び込んで女の手から短剣を奪い取った。

「くわっ、おのれい」

暴れる女を、萩丸と菊丸が左右から押さえつけた。

女は鬼婆のような目で三人を睨み廻し、

「殺せ、殺してくれい。どのような責め苦を受けてもわしは何も喋《しゃべ》らんぞ。おまえらのようなくそ娘どもに屈してなるものか」

その場に引き据えられた女が悪態をつく。

薊はその前にしゃがむと、

「命と引き換えにしてよいものなど、この世にはない。もはや戦国の御世ではないのだ。この男たちのように歯向かってくれば、われらはやむなく仕留める。されど囚われの身となったおまえを屠る気はない。忍びなどやめて違う世界で生きればよかろう」

「世迷《よま》い言《ごと》をぬかすな。大石内蔵助を暗殺せしは戦《いくさ》ぞ。赤穂のうつけどもが仇討など仕出かさば、天下騒乱にもなりかねん。それを阻止するのだ。大義は万鬼斎様の方にある」

「そう聞かされているのだな」

薊の冷静な声だ。

「黙れ、黙れ、聞く耳持たぬわ」

「万鬼斎は何人の忍びを雇うた」

「知らん、知っていても言うはずもなかろうが」

薊がいきなり女の胸に手を差し入れ、乳房をつかみ出した。

その乳首にジッと見入って、

「子を産んでいるな」

女は狼狽したように胸許を掻《か》き合わせ、

「な、何をする……遠い昔の話じゃ」

「死んだのか」

「……」

「生きているのだな」

「……」

「どこにいる」

「そんなことを聞いてどうする」

「申せ」

「……」

「子の話を致せ」

執拗《しつよう》に聞き入る薊の姿に、萩丸と菊丸が戸惑いの目を見交わした。

薊の視線に耐えられなくなったのか、女がふっと溜息をついて、

「倅《せがれ》は忍びではない。堅気《かたぎ》の暮らしをしている。だから倅には手を出さないでくれ」

「そんなつもりはない。おまえ、孫もいるのか」

女が微かにうなずく。

「では死ぬることはないではないか。伜と孫と、戦《いく》さ場《ば》から離れた所で暮らすがよいぞ」

宿を出る時に持ってきた数枚の小判を、薊は女に握らせた。

女が金にそっと目を落とす。突っ張った言葉つきとは裏腹に、その視線は弱々しく泳いでいる。

「で、ではわしの独り言を聞くがよい」

そこまできて女が崩れたので、薊の執拗な追及に萩丸たちはようやく得心がいった。

「よかろう」

薊の声に、女は三人に背を向けて語り出した。

「万鬼斎様はこの件では大勢の流れ忍びを雇うておられる。その数は計り知れぬ。大石暗殺と同時に、おまえたちを屠る命《めい》も下っているのじゃ」

「万鬼斎はわれらのことをどうして知りえたのだ」

「知るか、そんなこと。ともかくおまえたちのことは露見している。どこに行っても何をするにも目が光っていると思え。刺客はの、もはや東海道一帯に散らばっておるわ。伊賀もいれば甲賀もいる、風魔《ふうま》もおると聞いた」

女がケラケラと笑い、

「この国中の忍びが集まっていると思えばよかろう」

「なぜだ」

「何？」

「おまえを含めて、雇われた忍びたちは疑いを持たぬのか。なかには大石贔屓《びいき》がいて、仕事を断ってもよいのではないか」

「そんな輩《やから》がいるものか。みんな金に困っている。常々ひと山当てたいと願っていた。そこへこの話だ。誰もが飛びつこうが。心のなかでどんな疑問を持とうが、金には目が眩《くら》むものよ。大石を贔屓にしても一文にもならぬわ」

「もうよい、行け」

女が呆気《あっけ》にとられたようになり、ゴクリと生唾《なまつば》を呑み込んで、

「い、行っていいのか？」

「おまえに用はない。消えろ」

「………」

女は動揺で薊を見ていたが、やがてそろそろと動き出し、逃げるように歩き出し

た。

「よいのですか、薊様」

萩丸が問うた。

菊丸も咎《とが》めるような目で薊を見ている。

「よい、無益な殺生《せっしょう》は好まぬ」

女が駆け出し、森の入り口に近づいた。

そこで「ギャッ」と叫び、諸手《もろて》を広げて佇立《ちょりつ》した。

三人が慄然《りつぜん》とそっちを見た。

女の胸に深々と矢が突き刺さっていた。そしてドーッと後ろ向きに倒れた。

敵の姿はどこにも見えない。

薊が鋭く二人をうながし、闇に向かって踵《きびす》を返した。

萩丸、菊丸がそれにつづいて消え去った。

敵はやはり姿を見せず、樹木だけが不気味に風に揺れていた。

九

翌日の昼には、薊、萩丸、菊丸は浜松から二里三十丁（一一キロ）の舞坂宿《まいさかじゆく》にいた。

舞坂宿は浜名湖《はまなこ》の湖水が遠州灘へ注ぐ東に位置しており、船で海上一里を進み、西の新居宿《あらいじゆく》へ渡ることになっている。

昼の間はどこかに潜り込んで寝ているはずが、渡船は昼の七つ（四時）までと浜松宿で聞かされ、それでやむなく舞坂宿までやって来たのだ。

舞坂と新居を結ぶ航路を「今切《いまぎれ》の渡し」と呼んでいて、舞坂の渡船場は旅人で混《こ》んでいた。

こんな時でさえ、薊たちの視線はさり気なく旅人たちの顔に流れている。だがここも善男善女ばかりで、忍びと思《おぼ》しき者はいない。

人混みを縫って、挟み箱を肩に担いだ色四郎がどこからか現れ、こっちへ寄って来た。

「ご無事で」

色四郎が口を開けず、薊に語りかける。それは忍び独特の話し方で、余人の目には二人が会話を交わしているようには見えないのだ。

すると薊が色四郎に背を向け、湖を眺めるようにしながら、六人の忍びの罠に誘い込まれ、これを始末した昨夜の顚末《てんまつ》を語った。

その間、萩丸と菊丸もそばにいて話を聞いている。辺りに警戒の目を走らせながら、時には薊の話に補足も入れる。

色四郎はむろん相槌《あいづち》など打たず、これもあさっての方を見て黙って聞いている。どんな話のなりゆきであれ、彼の表情に驚きは一切表れない。

やがて大きな団兵衛船《だんべいぶね》が姿を現し、着岸した。七、八人の舟子が下船して旅人の世話を焼き、乗船が始まった。

船には屋根がないから、動きだすと照りつける日差しをもろに受け、旅人たちは一斉に笠を被った。まだ春なのに初夏のように狂った陽気である。

左右に三人ずつ、都合六人の舟子が櫓《ろ》を漕ぎ、帆を風にひるがえして船はゆったりと湖面を進んで行く。流れ行く明媚《めいび》な風光に、旅人たちの間から感嘆の声が漏れる。すぐ近くで小魚がはね、女子供がはしゃいでいる。

そんなのどかな光景をよそに、今度は色四郎が報告を始めた。

薊と萩丸たちは、色四郎に横顔を見せながら聞いている。

「昨夜の女忍びは嘘は言っておりませんな。万鬼斎が流れ忍びたちを手当たりしだいに狩り集めているのは確かなようです。道々、地獄耳を働かせて聞き込んで参りました」

「われらのことがどうして敵に知れたか、それについてはどうですか」

薊が不審を口にする。

「まさか水戸家のなかに裏切り者がいるとは思いたくありませんが、ふむ、ちと見当もつきませんな」

「おのれ、小癪《こしゃく》な……」

薊がつぶやき、船客たちを疑心暗鬼の目で見廻した。

その目が、たまたまこっちを見ている二人の浪人者とぶつかった。

二人とも三十を過ぎ、どっしりと落ち着きのある様子で、地味な木綿《もめん》の着物を着て月代《さかやき》を伸ばしている。大刀は腰から抜いて胸に抱くようにしている。しかしうらぶれた感はなく、どちらも極めてまっとうな顔つきだ。質素でいながら、清潔感さえ漂わせている。彼らに共通しているのは、何かの強い信念に支えられているということだ。一瞥《いちべつ》しただけで、薊はそれだけの観察眼を働かせていた。

（忍びではないけど、あの人たちは……）

薊は彼らから視線を逸《そ》らし、流れる湖面に目をやった。

なぜかその浪人たちのことが気になった。

十

その頃、日本全国に関所の数は七十六カ所設けられていたが、最重要とされている関所は東海道の箱根《はこね》、新居、中仙道《なかせんどう》の横川、福島の四つである。

これは有事の際を想定して設けたもので、すべて幕府の自己防衛策なのだ。

こうして幕府は東海道と中仙道を押さえておき、さらに根府川《ねぶかわ》の関で伊豆《いず》を制し、越後筋には碓氷《うすい》の関、奥州筋には房川《ぼうせん》の関、常陸《ひたち》の押さえは松戸《まつど》、野州《やしゅう》に対しては関宿《せきやど》、市川《いちかわ》を置いている。また甲州の押さえとしては、小仏峠《こぼとけとうげ》の駒木野《こまぎの》が重関所とされていた。

江戸はこのような重、軽関所によって、蟻《あり》の這い出る隙もなく防備されているのだ。

これは領内に関所を持つ大名家が受持ち藩となり、家中《かちゆう》の侍、足軽を関所役人として多数供出しているが、幕府の方も道中奉行をこの任に当たらせている。幕府と藩が連携し合い、関所の取締まりに当たっているのだ。

旅人を検問するお役だけに、それには「諸国関所規定」なる定め書きがあり、「入り鉄砲に出女」を取締まる鉄則はむろんのこと、公家《くげ》、御門跡《ごもんぜき》、大名家、高僧などに対しての取り扱いなど、こと細かに定めてある。

そして、新居の関所である。

浜名湖に面した船着場に下り立つと、目の前の土手のすぐ上が関所で、門前に足軽二人が六尺棒を手に立っていて、上から旅人をつぶさに見ている。

大勢の旅人に混ざって薊たちも土手を上がり始めたが、いつしか色四郎は忽然《こつぜん》と姿を消していた。足軽たちの目がありながらどのようにして消えたのか、ともかく挟み箱のなかを改められたらその場で囚われの身となってしまうのだ。

門前に立つと、右手の門に「今切御関所」と墨痕《ぼっこん》鮮やかに書かれた門札《もんさつ》が架けられ、なかはかなり広くできている。

旅人たちが一列に並ばせられ、御改めが始まった。

薊が最前の浪人たちはどうしているかと思い、チラッとふり返ると、二人とも列の後方で憮然《ぶぜん》とした様子で突っ立っている。彼らのその表情には、どこか言い知れぬ、苛立《いらだ》ちに似たようなものが浮かんでいた。

それが薊の気を引いた。どうにも捨ておけぬ気にさせた。

中年の番士が三通の道中手形に目を落としていたが、薊たちを探るようにジロリと見廻して、

「京の都まで何をしに参る」

陰湿な声で聞いてきた。

道中手形は身分証明であるから、在住町名主の裏書きがなされてあり、行く先とその目的が明記され、薊、萩丸、菊丸のそれぞれ人相、身体的外見的特徴、身の丈、目方などが程村紙《ほどむらし》に記されてある。程村紙というのは下野《しもつけ》程村製の丈夫な和紙のことで、これを使用することはお上《かみ》の決まりになっていた。むろんそれは巧妙に作られた偽手形で、本所三つ目の町名主の名は実在だが、その印判は偽造したものなのである。当然、彼女たちの名も変えてあった。

ちなみに武士の手形は紙ではなく、将棋《しょうぎ》の駒形の木札で、長さ五寸、幅四寸となっている。

「お役人様、あたしどもはのんびりとした遊山旅《ゆさんたび》でございます。初めて江戸から出たものですから、もう浮きうきしておりまして」

薊が平凡な江戸の町娘になりすまして述べた。

「ふむ、して父親の生業《なりわい》は」

さらに番士が尋ね、薊はスラスラと、

「大工です」

と答えた。

次に番士の視線を感じた萩丸が、「あたしの父親は指物師《さしものし》です」と言い、菊丸は「うちは左官をやっております」と答えた。

番士は三人に疑念を持たなかったようで、

「よし、では念のために衣服を改めるぞ」

義務的に言い、近くにいる足軽を招き寄せた。

足軽は薊たちをうながして面番所へ入って行き、上がってすぐの部屋で三人に待つように言った。

それで足軽は出て行き、入れ違いに「女改め者」が入って来た。中年の愛想のない女である。

これは俗に「改め婆《ばば》」と呼ばれる者で、女の旅人に限り、衣服や所持品を調べる役目なのだ。大抵は番士かあるいは足軽の女房がこのお役を務め、どこの関所でも女改め者を置くのが通例となっている。短筒《たんづつ》や御禁制の品などを隠し持っていると、その場で摘発するのだ。また男が女に化けていたり、駆け落ち者や、足抜けした女郎などもいるから油断がならないのである。

格別怪しまれているわけではないので、薊たちの調べは通り一遍のもので済んだ。

そして女改め者が去り、薊たちが身繕いをしていると、表で時ならぬ騒ぎが起こった。

何事かと三人の視線が絡み合い、障子へ寄って細目に開け、そっと騒ぎを覗《のぞ》き見た。

件《くだん》の浪人二人が数人の番士に取り囲まれ、咎めを受けていた。

そこからは遠いので何を話しているのかわからなかったが、薊たちは読唇術でそれを読み取った。

「われらは赤穂の者などではない。その手形をよく見れば素性はわかろう」

年若の浪人が激昂《げっこう》して言っている。

赤穂の名が出て、薊たちは無関心ではいられなくなった。

浪人がつづける。

「さる東北の藩がお取り潰しと相なり、江戸に流れ着いて暮らしていたものの、恥ずかしながら結句《けっく》は食えなくなった。それでこたびは大坂《おおさか》へ活路を見出《みいだ》そうとしているのだ。そういうわけゆえ、不審などどこにもないはずだぞ。早くここを通してくれ」

だが最前の中年の番士は疑わしい目で、

「いいや、通すわけには参らんな。些《いささ》か腑《ふ》に落ちぬことがござる。奥で話を聞かせて頂こう」

すると年嵩《としかさ》の方の浪人が穏やかな口調で、

「まあ、待たれい。ちと尋ねたい。赤穂浪士の詮議《せんぎ》と聞いたがそれは何ゆえかな。かの浪士方であったなら障りでもござるのか。世評によると彼らは何も罪を犯してはおらぬはずだが」

反骨の目になって言った。

「確かにまだ何も起きてはおらぬ。しかし赤穂の方々には不穏な噂が絶えん。大目《おおめ》付《つけ》様より触れが出ておってな、お手前方のような浪々《ろうろう》の輩には用心せよとのお達しなのだ。奥で篤《とく》と詮議をさせて頂きたい。赤穂の人間でなければ問題はないのでござるよ」

番士が慇懃《いんぎん》な物腰で言った。

他の番士たちはしだいに殺気立ってきている。

「うぬっ、これほど申しても。詮議は無用である」

年若の浪人が抗う素振りを見せたので、たちまち番士たちが六尺棒を突き出し、捕物の態勢になった。

もはやこれまでと、浪人二人は鋭く見交わし合い、刀の柄《つか》に手をかけて身構えた。

薊たちがハッとなって固唾《かたず》を呑む。

しかし面番所の奥からさらに番士の一団が騒然と現れ、二人を十重二十重《とえはたえ》に包囲した。

砂埃《すなぼこり》が舞い上がり、一瞬息詰まるような間が流れた。

やがて年嵩の浪人が、騒ぎをこれ以上大きくしてはまずいと思ったのか、年若の方に無言でうながした。そして二人は観念したかのように腰から両刀を鞘ごと抜き、番士たちに差し出した。たちまち刀が押収される。

やがて番士たちに引っ立てられ、二人は面番所の奥へ消えて行った。

「薊様、あの浪士たちはいったい……」

萩丸が問い、さらに菊丸も、

「お二人はどうなるのでしょう」

と言った。

薊は何も答えず、萩丸たちへ含みのある視線を投げておき、サッと身をひるがえした。

そうして三人は新居の関を後にしたのである。

十一

新居宿を過ぎた笹原村の庚申塚《こうしんづか》の前で、薊と萩丸は佇《たたず》んでいた。

遠くの畑では、百姓たちがのどかに野良仕事をしている。

「薊様はあの浪士二人をどう思われたのですか」

萩丸の問いかけに、薊は確信の目を向け、

「あれは赤穂の残党ですね、間違いありません。あるいは密命を持って西へ向かおうとしているのかも知れません」

萩丸が得たりとうなずき、

「やはり……わたくしもそう思うておりました。それに致しましても、お上があれほど赤穂浪士に目を尖らせていたとは」

「たぶん討入りをされては困るからですよ。人心は赤穂の方々に向いています。お上は威信をなくすのを恐れているものと思われますね」

「鶴姫様の狙いが討入りの阻止だとしたら、暗殺は大石殿だけでなく、あの方々にも及ぶのでは」

薊がキラッと萩丸を見て、

「よいところに気づきましたね、萩丸。それは十分にありうることです」

「そうなりますと……」

萩丸は心が穏やかではなくなり、

「薊様はどうなされるおつもりですか」

「さて、それはまだわたくしにも……依頼された仕事はあくまで大石殿暗殺の阻止です。ほかの浪士の方々のことまでは……」

「でも、このままでは」

「わかっています」

薊が迷う目で曖昧《あいまい》にうなずき、考えに耽《ふけ》った。

そこへ菊丸が足早にやって来た。薊の命で新居の関へ戻り、偵察をしてきたのだ。

「薊様、あの浪士二人は関所のお牢へ入れられてしまいました」

「お牢へ？」

薊が目に険を立て、問い返した。

「はい。お二人はお牢に留め置かれ、その間に伝令を走らせ、道中奉行を兼任する大目付が当地へ参るものと。すでに伝令の者は出立しております」

「浪士方は詮議《せんぎ》されるのですね」

「ええ、恐らく」

萩丸が菊丸と見交わし、薊に詰め寄るようにして、

「薊様、何をお考えに」

薊が決意の目になり、

「このまま見捨てることはできません」

「あの浪士たちを助けるのですか」

菊丸が緊張の声で言う。

その菊丸へ、あれは赤穂浪士のようだと萩丸が耳打ちする。

菊丸は声を出さずに驚きの表情になった。

薊が確かな目でうなずき、

「よいか、萩丸、菊丸」

二人が無言でうなずく。

「今宵、牢破りをします」

薊が言い放った。

十二

新居の関所の仮牢に囚われたのは、紛れもなく赤穂浪士の不破数右衛門《ふわかずえもん》と武林《たけばやし》唯七《ただしち》であった。

二人は江戸で姿を変え、吉良方の動静を探っていたのだが、討入りが延期となり、その動議のために西へ向かっているのだ。

不破数右衛門正種《まさたね》は三十三歳、かつて赤穂藩においては馬廻り役から浜辺奉行、普請《ふしん》奉行と累進し、百石を賜《たまわ》っていた。

しかし浅野が吉良に刃傷事件を起こす以前に、不破は主君の不興を買うような行いを仕出かし、藩を追放されて浪々の身となっていた。それでも赤穂を離れず、帰参の機会を窺《うかが》っていた。

それが内匠頭の横死を知るや赤穂に駆け戻り、前非を悔い、忠誠の道を貫きたい、亡君の恩義に報いたいと大石に懇願した。

そこで大石は不破の熱き志《こころざし》を感じ取り、共に江戸に下向して、亡君の眠る高輪泉岳寺《たかなわせんがくじ》へ赴き、墓前で不破を討入りの同志に加えることにしたのだ。

不破の剣の腕前は、同志の堀部安兵衛《ほりべやすべえ》に優るとも劣らない達人だといわれている。

一方の武林唯七隆重《たかしげ》は三十一歳、馬廻り役から中小姓を務め、十五両三人扶持《ぶち》の軽輩ではあるが、討入りの急進派として知られる血の気の多い男だ。彼の先祖を辿ると祖父は中国人で、孟子《もうし》の血を引いているところから孟二寛《もうじかん》といった。

その祖父が豊臣秀吉《とよとみひでよし》の朝鮮征伐の際、明《みん》の援軍に加わって闘ううち、秀吉軍に捕まって捕虜となり、日本へ連れて来られて帰化したものだ。武林はその三代目に当たる。

討入り加盟の時、唯七は兄半右衛門《はんえもん》とどちらが参加するかで烈しく争っている。病親を抱えている事情から、兄弟の一方が残って面倒を見ろと大石に言われたからだ。

そして滾《たぎ》る情熱で、弟は兄を凌駕《りょうが》したのである。

まだ罪人扱いをされているわけではないから、晩飯は一汁三菜の結構なものが出た。

不破と武林は、それを牢内できれいに平らげた。

二人は共に剛直な気性で、囚われの身だからといって、食欲をなくすようなことはなかった。

足軽が食膳を下げて去るのを見澄まし、武林は声をひそめて、

「明日には解き放たれますか、不破殿」

くりっとした愛嬌《あいきょう》のある目を光らせて言った。面長で精悍《せいかん》な面構えをしており、武林は不義や不正を憎む直情径行の気性なのだ。

「甘いぞ」

不破が落ち着いた口調で言った。

厚みのあるがっしりとした体格で、不破は武辺一辺倒の気性として知られるが、人柄が温和だから同志の誰からも慕われていた。

「では、われらはどうなるので」

表情をひきつらせて武林が言う。

「恐らくどこかほかへ移され、厳しい詮議を受けることになるやも知れん」

「困りますよ、それは。冗談ではない」

「うむ、まったくもって冗談ではないな」

そこで不破は声を落として、

「唯七、おまえにこの牢が破れるか」

武林が目を剝いて、

「あ、いえ、それは……手立てが何もありませんので、破ろうにも……」

「わしにはできるぞ」

「どうやるのです」

「こんなこともあろうかと……」

不破がおのれの着物の襟元をまさぐってゴソゴソとやっていたが、やがて一本の鑢《やすり》を取り出した。

「そ、それで牢格子を削るのですか」

武林が目を見張る。

「ひと晩がかりになるが、交替でやれば明け方にはなんとかなろう」

「やります、やります、やらせて下さい」

ひそかな狂喜を浮かべ、武林が鑢を取り、早速牢格子を削り始めた。

不破がそれを背後から覗き見て、

「どうだ、唯七」

「なんの、これしき。愚か者の一念でやってみせますとも」

鑢を手早く動かし、武林が額に汗して削る作業に没頭する。たちまち木屑《きくず》が山のように溜っていった。

不意に、鑢を動かす手が止まった。

不破も険しい表情になる。

牢の外に黒装束の薊がどこからともなく現れ、武林と間近で向き合ったのだ。

「誰だ、おまえは」

用心しながら、武林が問うた。

「お助けに参りました」

あくまで沈着な薊の声だ。

「何い？」

武林は呆気にとられた顔になる。

不破が身を乗り出し、

「何者だ、その方。確か今切の渡し船のなかにおったな。なんのためにわれらを助ける。どこその間者《かんじゃ》なのか」

「詮索ならのちほどなされませ」

そう言うや、薊が合鍵をふところから取り出し、難なく牢の錠前を開けた。合鍵は忍びの必携の品で、くノ一にとってこうした破牢などは朝飯前のことなのだ。

「さあ、お出ましあれ」

薊にうながされ、不破と武林は一瞬迷うように視線を交わしたが、揃って牢から這い出て来た。

「こちらへ」

薊が先に立ち、二人を誘導した。

三人で牢の突き当たりへ来ると、右手に抜けられるようになっていて、そこにやはり黒装束の萩丸と菊丸が控えていた。二人はそれぞれ不破と武林の両刀を抱いており、無言でそれを差し出した。面番所から掠《かす》め取ってきたものだ。

あまりの手廻しのよさに不破たちは啞然《あぜん》となるが、何も言わずに刀を受け取って佩刀《はいとう》した。

薊が鋭くうながし、一同がそれにしたがった。

十三

夜道を一気に突っ走った。

薊、萩丸、菊丸の駿足ぶりに、ともすれば遅れがちになる不破と武林は、それで娘たちの正体がわかったようで、

「おまえたち、とても尋常ではないぞ。忍びであるな」

息を切らせながら不破が言った。

薊が見返り、目顔でうなずく。

「やはりそうか。おい、唯七、こ奴ら忍びだそうだ」

武林がうなずき、

「誰の命でわれらを助けた、それを教えてくれ」

「どなたの命でもありませぬ。わたくしどもの判断でございます」

薊の言葉が、二人には天の声のように聞こえた。

笹原村の西隣りの吉野新田村に、薊たちはすでに廃屋を見つけてあり、一行はそ

こに落ち着いた。

百姓の一家が夜逃げでもしたらしく、生活の道具はそっくり残っていて、押入れには夜具まであった。

火を灯《とも》さず、青白い月明りの差し込む破れ畳の部屋で、一堂に会して向き合った。

「まず聞こう」

不破が口を切った。

「その方らの判断でわれらを助けたと申したが、それはどういうことなのだ。なんのために危険を冒してまで牢破りをした」

「その前に……」

蓟が不破をまっすぐに見て、

「赤穂の方々なのですね、お二人は」

確認するように問うた。

不破は武林と見交わし合い、

「どうやら伏せる意味はないようだな。確かにわれらは元赤穂藩の者だ」

そして不破と武林が、それぞれ名乗った。

「して、討入りは」

薊が息を詰めるようにして聞いた。

萩丸と菊丸も固唾を呑んでいる。

「それを聞くか」

「はい」

「うむ……」

不破が腕組みして返答に窮した。

「わたくしどもが信用できませぬか」

「助けて貰って心苦しいが、門外不出の事柄ゆえにそれだけは勘弁してくれ。門外漢のその方らに、仇討をするか否かを打ち明けるわけには参らぬ」

苦渋で言う不破に、薊はふっと謎めいた笑みを浮かべ、

「それで十分でございますよ」

やはり討入りは世間の噂通りに決行するのだ——薊はそう確信して、

「実はこたびの赤穂の件で、わたくしどもはこうして動いております」

それを聞いて、不破と武林が表情を引き締めた。

「その道すがらに関所の事件に遭遇し、図らずもお助けするなりゆきとなりました」

「なぜおまえたちが動いている」

「それは申せませぬ」

「ふむ」

不破はまた苦い顔だ。

「されど、方々の敵でないことは確かでございます」

不破が武林を見て、目顔でものを言った。

武林は豪胆な笑みになると、

「まっ、よいではありませんかな。どちらも腹に含むところがあり、明かせぬことは明かせぬのですから」

「うむ、そうだな。よし、わかった。これ以上はおたがい詮索すまい」

「不破様にお尋ねしたいことがございます」

薊が膝を詰めた。

「なんなりと申せ」

不破が警戒の解けた顔で言う。

「大石内蔵助殿のことにございます」

そう言われると、不破も武林も困惑の面持ちになった。

「大石殿とはどのようなお人柄でございましょうか。それを是非お聞かせ願いたいと思いまして」

薊は真摯《しんし》な目で言っている。

「それは、そのう……」

しどろもどろになる不破に、武林が助け船を出して、

「何ゆえそれを知りたいのだ」

「大石殿のお人柄を知らずして、お護りするのも些か……知っておきたいのです」

「ではご城代を護るお役なのか、おまえたちは」

武林が追及してきた。

それ以上語らず、薊がうなずく。

萩丸、菊丸も黙している。

「そうか、そういうことなら……」

武林が伸びた顎髭《あごひげ》に触りながら、

「ご城代のことを語るは一向にやぶさかではないぞ。勇猛を自慢にして生きるわれらとは違い、大石殿はもの静かでの、痩せて小柄なお人なのだ」

「梅干しのようだと、皆が申しておるな」

不破が生真面目《きまじめ》な表情で言い添える。

それは誹謗《ひぼう》などではなく、淡々と、隠すことなくありのままを言っているように見えた。

「はあ、まあ、見てくれはそうでも、ご城代は日頃は言葉少なく、しかしひと言発すれば値千金の重みのある御方《おかた》なのだよ」

武林が薊たちへ自慢げに言う。

「その通りだ。あの御方にはわれらなど束になってもかなわぬわ」

「いかにも。それに喜怒哀楽を顔に出さず、あくまで冷静沈着を通しておられる」

「あれがな、われらには真似できんのだ。堀部殿などは短気ゆえ、ご城代と話す時はいつもジリジリしておられる」

堀部安兵衛は高田《たかた》の馬場《ばば》の決闘で村上《むらかみ》三兄弟を討ち取った英雄であり、武勇は知れ渡っていた。堀部はそのあとに赤穂藩に仕官している。三十三歳の猛者《もさ》なのだ。

「ハハハ、それがしも堀部殿にはさんざっぱらご城代の愚痴《ぐち》を聞かされておりますぞ」

武林が明朗な表情になって言った。

「あれが堀部殿の短所であろう。ご城代を見習えと言いたいものよ」

「それは無理というものでござろう、堀部殿のあの気性は死ぬまで治りません」

「ホホホ、それもそうだ」

同志の話になると、不破も武林も俄《にわか》に生き生きしてきて、薊たちの存在など忘れたかのようである。

「大石殿のお子様は、そのう……」

薊が言い難そうに切り出すと、不破がにこやかな笑い皺《じわ》を見せて、

「うむ？　お子たちのことか。ご長子主税《ちから》殿は十五歳に相なられ、すでに元服を済ませておられる。主税殿だけでなく、ご城代は下のお子たちも大層愛《め》でておるそうな」

「子煩悩《こぼんのう》なのですか、大石殿は」

「そうだ」

「……」

母親を捨てた大石でも、わが子となると別なのか。正妻の子を愛でて、薊のことなど知る由もないのであろう。この世に生を受け、父親の顔を知らぬ不幸な子がここにいることなど、考えもしないのに違いない。外腹の子のひがみとは思いたくなかったが、薊の胸のなかに未《いま》だ見ぬ父への恨みつらみが突き上げてきた。

(もうよそう、大石のことは考えまい)

考えれば考えるほど、愚かしく思えてならなかった。

十四

東海道を後になり、先になり、蔵たちは不破数右衛門、武林唯七と道中を共にすることになった。めざす方向が京、大坂でおなじなのだから、袂《たもと》を分かつ必要はないのだ。

大坂へ何をしに行くのかを尋ねると、不破たちは固く口を閉ざした。彼らの動静を探ることは、大石のそれにもつながるのだから是非とも知りたいところだった。

しかし秘密を明かさぬのは蔵もおなじなのだから、彼らを責めることはできなかった。

遠江国から三河国《みかわのくに》へ入り、二《ふ》タ川《がわ》、吉田、御油《ごゆ》、赤坂、藤川と過ぎて、岡崎までが江戸より八十里十一丁（三一七キロ）。さらに池鯉鮒《ちりゅう》、鳴海《なるみ》、宮《みや》まで何事もなく来た。ここまでが八十八里二十丁（三四九キロ）である。

そして伊勢国《いせのくに》へ辿《たど》り着き、江戸より九十六里（三七六キロ）を数える桑名《くわな》で、異変は起きた。

色四郎も旅の行商人になりすまし、一行につかず離れずついて来ていた。赤穂浪士の不破、武林と道中を共にすることは、ここまで来る道すがら、色四郎は薊からそっと聞かされていた。

薊、不破たちが旅籠に投宿したので、色四郎も隣り合わせた木賃宿《きちんやど》へ入った。そこの二階の一室で寝支度をしていると、抜いた刀をパチンと鞘に納める音が、夜の静寂《しじま》を破って響いてきた。

「……………」

色四郎の表情が動物的に動いた。

すぐに着替えをして部屋を抜け出し、廊下に佇んで、その音がどこの部屋からなのか耳を澄ませた。

すると突然障子が開き、岩のような体格の二人の浪人が一室から現れた。どちらもその全身から凄まじい殺気をみなぎらせている。

二人が辺りへ鋭い視線を投げた時には、色四郎はそれより早く物陰に隠れていた。浪人たちが階段を下りて行く荒々しい足音がする。

色四郎は部屋へ引き返し、窓を開けて屋根へ踏み出した。そして隣家の屋根へ軽々と跳び移り、瓦《かわら》を踏んで小走った。

蓟たちの部屋の軒下には、目印の手拭いが干してある。障子を開け、色四郎がするりと真っ暗な部屋に侵入した。

その時には蓟、萩丸、菊丸はもう起きていて、布団の上に座していた。すでに色四郎の動きを察知していたのだ。

「どうしました」

蓟が小声で問うた。

「浪人が二人、来ます」

「忍びですか」

「いや、違いますな。あれは剣の腕を買われた食い詰め者と思われます」

「わかりました」

蓟が萩丸たちに目顔でうながし、短剣の柄《つか》を握りしめ、刺客を待つ態勢になって配置についた。

だが刺客二人の狙いは蓟たちではなく、不破と武林だったらしく、階下から騒然とした物音が聞こえてきた。

烈しく物の壊れる音がし、怒号も耳をつんざく。逃げ惑う旅客たちの叫び声や、入り乱れた足音もする。

薊たちが部屋を飛び出し、すばやく階下へ向かった。

色四郎は再び元の窓から、ひらりと消え去った。

不破たちの部屋では激戦が展開していた。

突如押し入った浪人二人の兇刃《きょうじん》が不破と武林を圧倒し、ここを先途と攻撃していた。

衝立《ついたて》が切り裂かれ、行燈《あんどん》も切断され、裸蠟燭が燃えていた。

実戦に馴れていない武林は一歩退き、ひたすら防御に廻っていた。

主に闘っているのは不破の方で、浪人二人を相手に果敢に応戦している。

そこへ薊たちが飛び込んで来た。

即戦力の彼女たちが、浪人二人に斬り込もうとした。

「待て」

不破が荒々しい声で言うと、

「手出し無用だ、そこで見ておれ」

そう言われ、薊たちが踏み止まって闘いを見守った。

不破は大振りな仕草で大刀を構え直し、浪人たちに対峙した。

武林も体勢を立て直し、敵に挑んだ。

不破よりも背丈のある大柄な浪人が、裂帛《れっぱく》の気合で突進して来た。

その白刃を白刃で受け止め、大きく払いのけ、不破が怯《ひる》むことなく前進する。浪人を壁まで押しまくり、そこで刀を引いて突き刺した。

「ぐわっ」

浪人が絶叫を上げて血に染まった。

同時にもう一人の浪人も、武林に斬り倒されていた。浪人は脳天をかち割られ、血汐《ちしお》を噴いて転げ廻っている。やがてその浪人も動かなくなった。

血の雨を浴びて、不破と武林がカッと熱い目を交わし合った。

「唯七、よくぞやった」

「はっ、不破殿に鼓舞《こぶ》されました」

薊がサッとすり寄って来た。

「役人が参ります、ここにはもういられません」

不破と武林がうなずき、手早く荷物をまとめ始めた。

「宿外れの町屋橋でお会いしましょう」

薊が言い、不破が「よかろう」と応じ、そこで双方は一旦別れることにした。

十五

町屋橋の上で再会した。

「ご無事で、安堵《あんど》致しました」

不破と武林に向かい、薊が率直な気持ちを口にした。

「なんのこれしき、造作《ぞうさ》もないわ」

不破が豪胆に言い、武林を見て、

「唯七、おまえは苦戦しておったな。まだまだ鍛練が足らぬぞ」

「はっ、それは身に沁《し》みて。来たる日までにはなんとか」

「来たる日」と言ってしまってから、武林が目を慌てさせた。

薊たちは素知らぬふうを装っている。

「薊、ここで別れとせぬか」

不破の言葉に、薊がハッと目を上げ、

「あ、はい。その方がよろしければ、われらは一向に」

切ないような気持ちになって言った。

「うむ、そうしよう。思えば奇妙な道連れであったな。忍びと道中を共にするなど、思ってもいなかったぞ」

不破が呵々大笑《かかたいしょう》すれば、薊もクスッと笑って、

「われらとて赤穂浪士の方々と親しくさせて頂くなど、予想外のことにございました」

不破が「薊」と言い、萩丸と菊丸にも目をやって、

「ご城代の件、よろしく頼む」

「はい、承知してございます」

薊が言えば、萩丸たちも親愛の目で進み出て、

「わたくしどもにお任せ下さいませ」

萩丸が言い、菊丸も、

「きっとまたお会いできると、信じております」

乙女らしく目を潤ませて言った。

「別れは惜しいが、では参ろうぞ」

武林をうながし、不破が薊たちに背を向けて歩き出した。

ふり返った武林が、「達者でな」と言うのへ、三人は無言で頭を下げた。

薊はその二人を見送りながら、少しばかりの感傷を覚えていた。

不破数右衛門と武林唯七は、立派な侍であった。

どちらも気持ちがさっぱりしていて、常に虚心であり、嘘などかけらもなく、まっすぐに武士道を生きている。

ほかの浪士たちは知らぬが、やはり相通じるものを持った人たちに違いない。

理不尽なお上の裁きに憤《いきどお》り、浪士たちはそれぞれが身命を賭して亡君の怨みを晴らそうとしている。なんとしてでもそれは成就させてやりたい。

今の薊はそういう気持ちになっていた。

大石内蔵助は憎いが、あの方々のために事の首魁《しゅかい》である大石を護ってやるのだ。

不破たちの姿が見えなくなり、薊たちも行きかけていると、遠くから無数の提灯の灯がものものしく近づいて来るのが見えた。

「薊様、役人のようでございます」

菊丸が言い、萩丸と共に警戒の目を薊に向けてきた。このままでは不破たちが捕まってしまう。

「追手を封じてやりましょう」

薊が萩丸たちに下知《げち》した。

こういう時はどうすればよいのか、彼女たちには言葉にせずともすでにわかっていた。

三人が一斉に腰から竹筒を抜き取り、蓋《ふた》を外してなかに収められた撒《ま》き菱《びし》をそこいらにバラ撒いた。

これは「菱撒《びしま》き退《の》き」といわれる忍法で、流派を越えて忍びなら誰もが所持しているものだ。

その素材は鉄、木、天然の菱の実などで、四方に鋭い刺《とげ》があり、ひとつがかならず上を向くようにできている。

そうしておいて薊たちは土手の下に跳んで身を伏せ、そこから様子を見守った。

地役人、小者らが大挙してやって来た。

突如、「ああっ」「うわあっ」と悲鳴が上がり、男たちがたちまち撒き菱を踏み、痛みに動けなくなって恐慌をきたした。足裏から出血している。さらに転んだ先にも撒き菱があり、それに手を突く者もいて、役人たちが混乱する。

それを尻目に、薊、萩丸、菊丸は闇に消え去ったのである。

第二章　元禄十五年・夏

一

東海道桑名《くわな》宿は本陣二、脇本陣四である。

武士が部隊で山中に泊まることを「山陣《やまじん》」といい、宿場や寺院に泊まるのを「宿陣《しゅくじん》」といっていた。それで大名行列も本来は行軍には違いないから、その宿泊所を本陣と呼ぶようになったのである。それが始まりなのだ。だから脇本陣はその予備であり、補充機関ということになる。

本陣は半ば公設機関で、宿泊者の身分に制限があり、泊まれるのは勅使、院使、宮、御門跡《ごもんぜき》、公卿、大小名で、旗本では駿府《すんぷ》、大坂、二条城御番衆《にじょうじょうごばんしゅう》のほか、公用の幕臣、諸大名の重職や妻女、などとなっている。これに対して脇本陣は、空《あ》いていれば時に一般庶民も泊めた。

本陣は田畑や山林を持つその土地の豪農や名家が営み、名誉職として世襲が習《なら》いとなっている。なかには本陣のほかに、問屋場《といやば》も任されていることもあった。桑名宿の本陣を領しているのは、大塚与七郎《おおつかよしちろう》といって、苗字帯刀《みようじたいとう》を許された土地の名望家である。

その日の昼下りに、御三家紀州徳川家の行列が江戸から桑名に着到した。宮の宿を朝方に船出し、波高き海上七里の航路を揺られに揺られて来たのである。

前夜に先触れがあった時から、大塚与七郎は深刻に頭を抱え込んでいた。

というのも、昨日のうちに美濃国大垣藩《みののくにおおがきはん》の行列が大きい方の本陣に宿泊しており、このままだとあとから来た紀州家を小さい方の本陣へ泊めねばならない。大本陣は千二百坪、小本陣は六百坪なのである。しかも大垣藩戸田《とだ》家は一万石の小藩で、紀州家は五十五万石の大藩なのだ。

といって、戸田家の方が小藩だから本陣の宿替えをしてくれとはとても言い難い。大垣藩は参勤交替《さんきんこうたい》の戻りだが、紀州家の方は目的もわからず、誰がお駕籠《かご》に乗っているのかも不明である。先触れによると行列の人数が少なめだから、どうやら当主の紀伊権中納言《ごんのちゆうなごん》ではなさそうなのだ。

何はさておき、紀州家を小本陣へ招き入れると、紀州家付家老《つけがろう》の日下玄蕃《くさかげんば》というのがすぐに本陣の大小の差に気づき、与七郎を呼びつけて談じ込んできた。

「これ、大塚、その方、紀州家をみくびってはおらぬか」

強い口調で言った。

日下は初老とは思えぬ精気をみなぎらせ、声も野太いから、痩せて小柄な与七郎は震え上がって畳に額をすりつけた。

「そ、そんな、滅相《めっそう》もございません。これは戸田様の方が一日早かっただけの話でございまして、まったく他意はございません。その代り、脇本陣の方はすべて紀伊様に」

「小さい本陣と脇本陣で、当家に甘んじろと申すのか」

「あ、いえ、それは……」

「戸田殿は参勤交替の戻りなのだな」

「はい、ですから人数も大所帯でございましたので、脇本陣を一つ使ってございます」

日下が鼻で嗤《わら》って、

「たった今、脇本陣はすべて当家にと申したではないか」

与七郎は汗顔《かんがん》の至りで、しどろもどろになり、

「い、いえ、そ、そうでございました。ですから紀伊様には本陣一つと脇本陣三つを。どうかそれでお許しを」

「黙れ」

「ははっ」

与七郎がさらに小さくなった。

「これ、大塚、当家は無理を通して道理を引っ込めよと申しているのではないぞ。その方が紀州家をいかに扱うか、このままでよしとするなら、将軍家に弓引くも同然であろう。徳川御三家をなんと心得おるか」

「うへへっ」

与七郎が身を震わせ、顔面蒼白となってひれ伏した。

そしてちょっとお待ちをと情けない声で言い、ややあって大垣藩の家老を伴って戻って来た。

家老は小池十右衛門《こいけじゅうえもん》と名乗り、経緯は聞き申したと言い、初めから大藩に反撥《はんぱつ》するような目をギロリと剝いてきた。

日下よりも年若だが、小池は色黒、痩身で喉仏《のどぼとけ》が目立った田舎臭い男だ。それ

だけに並々ならぬ反骨精神をみなぎらせている。

「宿替えの儀、承服致しかねまするが」

小池が一歩も引かぬ気構えで言った。

即答を避け、日下は小池を無言で見入っている。

本来なら、日下の方が徹底して高圧的に出れば、所詮《しょせん》は小大名家の小池は屈するはずである。

ところが日下という男は臍曲《へそま》がりなところがあり、こういった反骨の士が好みなのである。それはあるいは御三家の余裕なのかも知れないし、まだ戦国の世の気風が多分に残っている元禄ならではのことではあるまいか。武士らしき気骨を重んじる精神が、大事にされていた所以《ゆえん》である。

御三家紀州家に逆らう小池の魂《たましい》を、天晴《あっぱ》れと思い、

「左様か、相わかった」

あっさりそれだけ言って、日下が引き下がった。

これには小池も与七郎も呆気《あっけ》にとられ、拍子抜けもした。

それで事は収まったかに思われたが、しかし事態はそうはゆかなかったのである。

宿替えはせぬという日下の判断に、待ったをかける人物が現れたのだ。

それはこたびの紀州家の道中の主《あるじ》である。

その主こそが、紀伊権中納言徳川綱教《とくがわつなのり》の妻、すなわち五代将軍綱吉のひとり娘鶴姫なのであった。さらに言うなら、大石内蔵助暗殺を命じた張本人なのである。

鶴姫は日下を呼びつけ、初めから居丈高《いたけだか》にもの申した。

「大垣藩の儀、罷《まか》りならぬ。即刻宿替えを致すよう、取り計らえ」

二十六歳の美姫《びき》が柳眉《りゅうび》を逆立てて言った。

綱吉に似ず、母親である側室お伝の方の美貌を受け継ぎ、天下に並びなき女と自負し、驕慢《きょうまん》の極致に立って生きている。おのれの手にかかれば、日没さえも止められると思っているような女だ。

そこで日下は挫《くじ》けず、鶴姫を諌《いさ》めようと我を張って、

「姫、ここはひとつ御三家の大きさを見せ、堪忍致した方がよろしいのでは。一夜明ければなんということはござりますまい。このまま大垣藩に本陣を」

硬骨の士である小池十右衛門の顔を思い浮かべながら言った。

「わらわはならぬと申しておる」

怯《ひる》むことなく、鶴姫が言い張る。

「しかし、姫――」

「玄蕃、よく聞くがよい。これが他藩であるならわらわも譲ったであろうぞ。先乗りして大きな本陣を取ったがゆえ、それは詮《せん》なきこと。早い者勝ちよ。したが相手が大垣藩であらばこそ、引くわけには参らぬのじゃ」

「それは何ゆえでござりまするか」

「大垣藩の出自をよく考えるがよい」

日下は面食らって、

「と、申されますると？」

鶴姫は意地の悪い笑みを湛《たた》えると、

「まだわからぬか」

「は、はい……」

「戸田家当主氏定《うじさだ》は、浅野長矩《あさのながのり》の従弟《いとこ》ではないか」

日下があっとなり、うろたえた。

鶴姫の言う通り、戸田家五代当主氏定は、播州赤穂藩浅野内匠頭長矩とは縁戚関係にあった。それが去年の元禄十四年（一七〇一）の三月に従兄である浅野の刃《にん》傷《じょう》事件に座して江戸城への出仕を止められ、同年五月に赦免《しゃめん》されていた。赦免されるや、氏定はすぐに大石内蔵助と密に連絡を取り合い、浅野家再興の運動に骨を折っている。

浅野内匠頭の従兄弟というだけで、坊主憎けりゃ袈裟《けさ》まで憎い鶴姫の精神なのである。

日下はこたびの大石暗殺に加担していたから、それで鶴姫の言わんとしている意味がわかり、十分に得心した。

直《ただ》ちに小池に談判し、宿替えの儀を強硬に申し入れた。

御三家紀州家にそこまでねじこまれては、大垣藩としても楯突《たてつ》くことはできなかった。本陣の宿替えごときに、事を構えるわけにはゆかないからだ。

小池は鶴姫の底意など知る由もなく、大藩の横暴と思い込み、小藩の身の定めと諦《あきら》めたのである。

二

桑名の大本陣は冠木門《かぶきもん》で玄関構えが広く、大座敷が無数に並んでいる。そこに紀州家の家臣団は分散して投宿することになった。

当然のことながら、鶴姫はもっとも豪華な上段の間を取った。

そこは十帖に書院、次の間、三の間とが広々とつづき、襖絵《ふすまえ》には岩鴛鴦《いわおしどり》に福禄寿《ふくろくじゅ》が描かれている。まるで御殿のような造りなのである。

思い通りに宿替えが叶《かな》い、鶴姫は書院にて満足げに盃《さかずき》を干している。酒の相伴は日下玄蕃が務めている。

この二人は仲がよいのである。

延宝《えんぽう》五年（一六七七）生まれの鶴姫は、貞享《じょうきょう》二年（一六八五）に九歳で紀伊家に嫁している。その時、夫の綱教は二十一歳であった。

鶴姫九歳の時から、日下は付家老として仕えているから、彼女とはもう十七年のつき合いになる。

日下は元々紀州家の人間なのだが、鶴姫のお蔭で同格の家老たちより一段上に立ち、肩で風を切っているのだ。

「して、姫様、こたびは紀州には立ち寄らぬのでござりまするか」

「綱教殿のご実家に用はない。このまま京の都へ参ろうぞ」

「大石内蔵助の死を、そのお目で見届けるのでござりまするな」

「いかにも。将軍家の屋台骨を揺るがすような輩《やから》は断じて許せぬわ。人心を煽《あお》って味方につけ、討入りを果たそうなどとはもってのほかじゃ」

「御意」

その時、風もないのに網行燈《あみあんどん》の火が不安げに揺れた。そして誰かが吹いたかのようにして、炎がふっとかき消された。

残る網行燈はひとつとなり、鶴姫と日下がうす暗くなった書院を不審げに見廻した。

「あっ」

鶴姫が驚きの声を漏らした。

屏風《びょうぶ》の陰からスッと黒い影が現れ、二人へ向かって叩頭《こうとう》したのだ。それはまるで舞台の袖から現れた黒子のようで、その者は若衆髷《わかしゅまげ》に般若《はんにゃ》の面をつけている。それで見る限り、男か女かはわからない。

「万鬼斎《ばんきさい》であるな」

確かめるように鶴姫が言った。

というのも、彼女の前に現れる時、万鬼斎はいつも変幻自在に身装《みなり》、装束が違うからである。

「ははっ、万鬼斎めにございます」

その声は面の下から不自然にくぐもり、やはり性別は不明なのだ。恐らく腹話術を応用した軒猿特有の忍法と思われた。

「首尾を聞かせよ。今はどうなっている」

厳《おごそ》かな日下の声だ。

「はっ、大石自身は山科《やましな》に引き籠もり、今のところさしたる動きは。しかし浪士たちの活動が不穏で目が離せませぬ。特に原惣右衛門《はらそうえもん》を筆頭に、堀部安兵衛、潮田《うしおだ》又之丞《またのじょう》、不破数右衛門、武林唯七らの動きは気になります。彼らは京、大坂、江戸を頻繁《ひんぱん》に往来しては密議を重ねておるのです。それこそが、仇討《あだうち》のためのものと思われまする」

「大石は吉良への偵察もつづけているのか」

鶴姫の問いに、万鬼斎はうやうやしく一礼し、

「江戸にいる何名かは偵察を怠《おこた》っておりません。一方で大石はお家再興を願い、さらなる運動をつづけております」

「脈はどうじゃ」

さらに鶴姫だ。

「どこからもそっぽを向かれ、まず希《のぞ》みはなきものと」

鶴姫は嘲笑《ちょうしょう》を浮かべるが、目は鋭くして、

「再興の希み絶たるれば、大石一派はいよいよもって追い詰められ、仇討に走るは

必定《ひつじよう》と相なるな」

「はっ、そうした気配もちらほらと見受けられます」

鶴姫と日下が見交わし、落ち着かぬ風情になった。

万鬼斎がつづける。

「それと、過ぐる日の四月十五日に大石は妻子を離別し、岳父《がくふ》石束源五兵衛《いしづかげんごべえ》の許《もと》へ帰しております。但《ただ》し、長子の主税のみは残しておりますゆえ、これなどは仇討の備えと受け取れぬことも」

鶴姫が苛立ちを見せて、

「大石を討つ隙はないのか。首魁《しゆかい》が滅びれば事は起こらぬはずじゃが」

「はっ、これがなかなか……大石もわれらを含め、多方面からの間者の動きに油断を致しません。それに……」

万鬼斎が言葉を切り、鶴姫が目を上げて、

「それに、なんとした」

「大石を影にて護《まも》る警護役の者たちが」

「それは何者じゃ」

「われらの同業にて、甲陽流忍法の使い手どもです。つまりは武田信玄公の流れを汲むくノ一なのです。それらは三匹おり、そろそろ京に潜入するものと」

「なんと、くノ一が……」

「万鬼斎、そ奴らの存在を明かしたのは初めてであるな」

日下が咎《とが》めるような口調で言った。

万鬼斎は苦々しき様子で、

「お明かしする前に、われらでなんとか始末をせんと致しましたが、武運はくノ一どもにあり、煮え湯を呑まされました」

「どうするつもりじゃ、その者たちを」

鶴姫の声も尖っている。

万鬼斎が不気味な含み笑いを漏らし、

「いえ、ご懸念には。奴らはもはや蜘蛛《くも》の糸にかかりし蝶《ちよう》も同然にございます。ひと泡吹かせたるのち、息の根を止めてご覧にいれまする」

「きっとであるぞ」

「はっ」

鶴姫が念を押した。

「ところでくノ一どもを雇った人物がいるはずじゃが、心当たりはあるのか」

「いえ、今のところ不明にございます。いずれに致しましても、どこぞの赤穂贔屓《びいき》のもの好きでございましょう」

「そのこと、併せて探れ」

「ははっ」

万鬼斎が承服して頭を下げ、つつっと腰で後ずさるや、また屏風の陰に消えた。日下はそれを目で追っていたが、ツカツカと立って屏風を取り除いた。するとすでにそこには万鬼斎の姿はなかった。

日下がうす笑いを浮かべて、

「姫様、万鬼斎の幻術にござりまするぞ」

そのことに鶴姫はさして驚きもせず、

「興味深いの、忍び同士の闇の闘いが」

「さぞや秘術を尽くせし凄絶《せいぜつ》なものになるのでは」

「ふふ、未だ戦国の世が終わっておらぬような、そんな錯覚を覚えるわ」

そう言うや、鶴姫はいかにも好戦的な笑い声を上げて、

「なぜかのう、心楽しいぞ、日下」

謡うように言ったのである。

三

江戸とは違う、見たこともない青空が広がっていた。

旅をつづけてきた色四郎の表情に、ホッと安堵めいたものが浮かんだ。いつもの挟み箱を担ぎ、旅の行商人を装っている。

近江国《おうみのくに》大津宿《おおつじゅく》に至り、京への三里（一二キロ）の道を踏み出すうち、山城国《やましろのくに》へ入った。ここまでが江戸より百二十二里（四八〇キロ）余である。

そうして追分《おいわけ》、横木《よこぎ》、四《し》の宮《みや》の村々を過ぎて行くと、いよいよ大石内蔵助が隠棲《いんせい》しているという山科の里へ入る。薊たちより先乗りしての里入りだ。

そこは東山の東側の麓《ふもと》で、西の背後は伏見《ふしみ》の稲荷山《いなりやま》に連なる静かな田園地帯だった。

里の入り口で、野良着姿の百姓が丈の伸びた雑草を鎌《かま》で刈り取っていた。

「ご精が出ますな」

色四郎が寄って行き、もの馴れた口調で話しかけた。

だが百姓は無愛想で、色四郎のことを見もしないで作業をつづけている。その男は人相もわからぬほどに真っ黒に日焼けしていた。

「あのう、ちょっと人を探している者なんですがね」

百姓がジロリと色四郎を見た。

「一年ほど前にこの土地へ移って来たお武家様はおりませんかな。ご大身《たいしん》の御方なんで、そこそこのお屋敷に住んでおられると思うんですが」

去年の六月二十五日、赤穂城の明け渡しを滞《とどこお》りなく済ませ、大石は尾崎浜《おざきはま》から船に乗って赤穂をあとにした。そして大坂から陸路をとり、京の山科へ移り住んだのである。

それから大石は一年近くも山科を動かず、永住するように見せかけながら、京、大坂、あるいは江戸に散らばった浪士たちに密命を発していた。

そこまでの確かな情報は得ていたが、大石が山科のどこに住んでいるのかは不明だったのだ。

それに大石本人が、天下に轟《とどろ》いた大石内蔵助の名を使っているとは思えなかった。

百姓は返事をしないまま、作業の手を止めて腰から煙管《きせる》を抜き取り、色四郎の前にしゃがみ込んだ。そして煙草に火をつけ、一服やりながらゆったりと紫煙を吐き

出し、

「そのお人なら、朱雀村《すざくむら》の河合甚五兵衛《かわいじんごべえ》様のことでねえかな」

のんびりした口調で言った。口を開けば意外と気さくな感じだった。

「おおっ、それは。その河合様のお屋敷は大きいですかね」

「ああ、そりゃもうてえしたもんだ。庄屋様のご別宅を買い取ったと聞いたよ。おれも見かけたことがあるが、河合様はご立派な御方だ」

どうやらそれが大石らしい。こんな山深い田舎では、他国者はすぐに目につくのだ。

色四郎が勇んで、

「朱雀村へはどう行けばいいんですか」

「この先の山科御陵《ごりよう》の近くだよ」

百姓に道筋を教えられ、色四郎は礼を言って立ち去った。

すると――。

百姓は仏頂面《ぶつちようづら》のまま、舞台を下りた役者がそうするように、手拭いで顔の墨を落とし始めたのである。日焼けはまったくの偽装であり、その下から青白い肌が現れた。

四

その屋敷はこんもりと繁った森のなかにあった。

日が落ちて辺りは真っ暗で風もなく、じっとりとした蒸し暑さが覆《おお》っている。

屋敷は庄屋の別宅らしく五百坪はあろうかと思われ、潜《くぐ》り門のある築地塀《ついじべい》で囲われていた。厳《いか》めしさはなく、風雅な造りである。

そこから少し離れた毘沙門堂《びしゃもんどう》の前で、薊、萩丸、菊丸、そして色四郎がひっそりと集まっていた。

娘三人はすでに旅装を解き、目立たぬように闇に溶ける黒っぽい小袖姿だ。

彼女たちが山科に着いたのは夕方で、すぐさま色四郎と合流して先乗りの報告を受けていた。

「大石殿はあの屋敷に、河合甚五兵衛という名で住みついておりました」

「近所の評判などは聞きましたか」

薊の言葉に、色四郎は苦笑を浮かべて、

「近所で聞き込もうにも、隣りはありませんので……」

色四郎の言う通り、その屋敷は森のなかにぽつんと一軒だけあるのだ。見渡しても、他の家々の灯は見えない。

それで薊は得心し、

「家人はどうです。雇い人はいるのですか」

「いいえ、伜《せがれ》の主税殿とお二人だけのようでして。ひっそりと暮らしている様子ですよ」

「………」

大石主税というのは、つまりは薊の腹違いの弟ということになるのだ。その主税にも会ってみたい気がした。会った時に自分がどんな気持ちになるか、今は想像もつかないのだが。

「薊様っ」

萩丸が緊張をみなぎらせ、小声で呼びかけた。

薊が闇に目を走らせると、遥か先に無数の黒い影がうごめくのが見えた。

大石暗殺の忍びの刺客に違いない。

薊、萩丸、菊丸がすばやい行動を起こしてサッと散らばり、色四郎は姿を消した。

ややあって、暗黒のなかで入り乱れた足音がし、白刃と白刃が烈しくぶつかる音がした。男の呻《うめ》き声も漏れ、くぐもったような怒号も聞こえる。敵は七、八人の忍びで、忍び刀を兇暴に閃《ひらめ》かせ、娘たちに斬りつける。

薊らが果敢に応戦するも、一人も疵《きず》つけられることなく、忍びどもはあっさり退却を始めた。

それから不意に静かになり、薊たちが月明りにくっきりと姿を現した。刺客たちはすべて消え去ったようだ。

三人が目顔でたがいの無事を確かめあっていると、築地塀の潜り門から人影が現れた。

「何者だ」

どすんと胸に響く男の声だ。

見返った薊が、スッと表情を引き締めた。

それが屋敷の主、すなわち大石内蔵助らしく、着流しに無腰で立っている。

月に照らされたその姿は中肉中背で、ふっくらまろやかな顔つきをしている。目許はあくまでやさしげで、慈愛に満ちた人柄のようだ。

(違う……)

薊は戸惑った。

不破数右衛門と武林唯七が言った痩身、小柄で、梅干しのような男だという大石内蔵助像とは大分違うのだ。しかしそれも、彼らはあえてそう言ったのかも知れないし、本当のところはわからない。

そこに現れた男こそが大石であろうと、薊は確信した。こんなにすみやかに父親に会うとは思ってもいなかった。それまで抱いていた大石への複雑な感情は影を潜め、何よりまずは畏怖《いふ》の念が先に立った。

薊が心の乱れを押し隠し、その場に跪《ひざまず》く。萩丸と菊丸もそれに倣《なら》った。

「ご門前をお騒がせしまして」

薊が顔を伏せたままで言った。

「尋常な者たちとは思えぬが、いずこの手の者であるか」

大石が問うてきた。

薊はためらった。

「それを申さねばなりませぬか」

「申さずと立ち去れると思うてか」

「はっ……」

その時、手燭《てしょく》を持った少年が門の外に出て来た。

「父上、何事にございますか」

どうやらそれが大石主税のようで、薊はハッとなり、少年へまっすぐな視線を向けた。

主税は十五、六で、長身で凜々《りり》しい若者である。薊と視線が合うと、恥ずかしげに目を逸らした。

大石と主税が並んで娘たちを見た。

薊が言葉を選ぶようにして、

「なんと申したらよろしいのか、われらは影にて生きる者にございます」

抑揚のない声で言った。

「忍びか」

大石がすかさず言う。

「はっ」

「それがなんと致した、この門前で何かあったのか」

「只今、刺客の一団がお手前様に夜討ちをせんとしておりましたので、われらが阻止致しました」

薊が有体《ありてい》に述べた。

大石が主税と見交わし、

「何ゆえその方たちが……誰の差し金で動いている」

「それはご容赦下さいませ」

「このわしを護るのが使命なのか」

「左様でございます」

「ではその方たちは、このわしの素性を知っているのだな」

薊が大石を見て、無言でうなずく。

主税が困惑を浮かべつつも、

「父上、敵でないのなら入って貰ったらいかがですか。ここで押し問答をしていても埒《らち》が明きますまい」

「うむ、それもそうだな」

大石が温かみのある目で、薊たちをうながした。

どうしたものか、薊が迷うように萩丸たちと視線を交わしていると、大石が催促した。

「何をしている、遠慮はいらぬぞ。身分はどうあれ、無礼講でよいではないか」

大石の誘いを拒む理由はなかった。

五

暗い廊下の足許を手燭で照らし、主税が先に立って薊たちを案内して来た。

「間もなく父上が参りますので、暫《しば》しお待ち下さい」

主税が杉戸を開けると、そこは広い板の間になっていて、薊たちは招かれるままに入室した。

一礼して去りかける主税に、薊が声をかけた。

「ここにはお二人でお暮らしなのですか」

「はい、同志の方はどなたも参られません。その代わり父上が京や大坂へ出かけて行き、皆様と話し合いをしてくるのです」

主税が淀《よど》みなく答える。

「そうですか」

「では、のちほど」

主税が杉戸を閉めて立ち去った。

その時、薊と目が合い、主税は一瞬だが謎めいた不思議な笑みを見せた。

薊は不可解な思いがした。

もしや、主税は薊を姉と知っているのだろうか。いや、そんなはずはない。自分の思い過ごしなのだ。大石といい、主税といい、ここへ来てから薊は心落ち着かぬおのれを感じていた。それは無理もないのだが、胸のなかが何かしら波立ってならなかった。

「薊様、些《いささ》か腑《ふ》に落ちぬことが」

それまで何やら考え込んでいた萩丸が表情をひきつらせ、囁《ささや》き声で言った。

その萩丸を薊が見る。

「大石殿はなぜわれらを招じ入れたのでしょうか」

「それは……」

薊は言葉に詰まって、

「刺客から護ってくれたと聞き、そのままではすまぬと思ったのでは」

「されど大石殿はわれらを忍びと承知で招じ入れました。そこが解《げ》せないのです」

「どうしてですか」

「尋常な武士であるなら、忍びなどには近づきませぬ。われらと膝《ひざ》を交えるなど、ありえぬことです。礼を言って門を閉じれば、それでよいのです」

それには菊丸が答えて、

「そこが大石殿の大きいところではないのでしょうか。赤穂のご浪士方にも、身分の差はあれど、同志として分け隔てなく接していると聞き及んでおりますが」

「いいえ、それとはまた違うような……」

萩丸の疑問はなかなか解けそうもない。

「どう思われますか、薊様」

菊丸が薊に問うた。

「さあ、そう言われても……」

曖昧に言って、薊が口を濁した。

そこで薊は自分がある錯覚をしていることに気づいた。大石が父親だから自分を招き入れても当然だと、心のどこかで思っていた。しかし大石の方は薊を娘とは知らないはずなのである。そうなると確かに、忍びごときを招き入れた理由がわからない。萩丸が腑に落ちないのもわかる気がした。初めて会った大石の泰然とした態度に自分は惑わされていたのか。心根をしっかり持たねばならないと思った。

廊下を二人の足音が近づいて来た。

薊たちが揃って襟《えり》を正すようにし、戸口の方へ目をやった。

だが大石親子が入って来る様子はなく、それきりシンと静まり返っている。

三人は不可思議な思いで見交わした。

しだいに心のどこかで警鐘が鳴らされていることを、薊たちは同時に感じ取っていた。

(違う、何かが違う)

薊が危惧《きぐ》を感じた時、入り口の杉戸にガシャッと桟《さん》の閉まる音がした。

萩丸と菊丸がハッと視線を交わし、立って杉戸に手をかけた。杉戸は外から施錠されたようで、微動だにしない。ガタガタやっても戸は開かない。三方は板壁だから、出入り口はその杉戸の一面だけである。

萩丸と菊丸が鋭く薊を見た。

薊にはもはや、そのことのなんたるかがわかっていた。

これは罠《わな》だったのだ。

色四郎にこの屋敷を教えた百姓、門前でうごめいていた忍びども、そして実《まこと》しやかに現れた大石親子――すべては薊たちをここへ誘い込むための策略だったのだ。

杉戸の隠し窓が開き、偽者の大石が顔を覗かせた。最前のやさしげな感はなく、冷酷な別人の表情になっている。

「このわしを大石を思うてか。うつけどもめが。ここがうぬらの死に場所なのだ。もがき苦しんであの世とやらへ参るがよいぞ」

その横で、やはり偽者の主税の含み笑いも聞こえる。

「うぬっ、おのれ」

萩丸が歯嚙《はが》みして杉戸に取りついた。

とたんに隠し窓がピシャッと閉じられた。

どうなるのか——萩丸と菊丸が烈しい視線を絡ませ合った。

薊はあくまで冷静に、活路を見出す目をさまよわせている。

ギィー、ギィー……。

天井裏の方から物の動く大きな音がした。それは滑車によって鎖《くさり》の廻転するような軋《きし》み音だ。すると向き合った二面の板壁が動き出し、壁に仕掛けられた槍衾《やりぶすま》が一斉に突き出された。その白刃は隙間なく無数に並び、それが徐々に薊たちへ迫ってくる。

三人が緊迫した面持ちで身を寄せ合った。

「あ、薊様っ」

こんな時はどうしたらよいのかと、菊丸が必死の目で訴える。

萩丸は短剣を抜き、槍の柄を切り落とし始めた。

一本、二本、三本……。

だが数百本の槍は悠然と迫りつづける。

「おやめなさい、そんなことをしても無駄ですよ。すべて切り落とす間に串刺しにされています」

薊が萩丸を制した。

「で、でも薊様、座して死を待つわけにも」

悲痛な萩丸の声だ。

こういう時、やはり薊は卓越した技と的確な判断を持った上忍なのである。

サッと立つや、一面の槍衾に足をかけてスルスルと猿《ましら》のように登って行き、その上部に這い上がったのだ。

それを見ていた萩丸と菊丸も必死で倣い、槍衾を登って三人はおなじ位置に立った。

それと同時に壁と壁が接近し、槍衾が烈しくぶつかり合った。

三人が壁の向こうへ跳んだ。そして再度杉戸に体当たりをした。戸がギシギシと揺らされ、弛《ゆる》みが生じたところへ、薊が思い切り蹴った。戸が倒れるのと同時に、数本の長槍が突き出された。それらを短剣で薙《な》ぎ払い、三人が廊下へ飛び出した。長槍を構えた数人の忍びの刺客が襲って来た。

薊たちが猛然と立ち向かい、忍びらを短剣で突き殺して行く。絶叫が上がり、男たちが悶絶する。それらの屍《しかばね》を乗り越え、表へ向かって走った。

玄関が近づいたところで、ヒタッと薊たちの足が止まった。

偽者の大石、主税を始め、数十人の忍びが悪鬼の形相で待ち構えていたのだ。そのなかには、百姓になりすまして色四郎をたぶらかした男もいた。

大石を演じた男の名は伝蔵《でんぞう》、主税を佐々介《さゝすけ》といい、偽百姓を嘉門次《かもんじ》といった。

男たちは手に手に忍び刀、斧《おの》、手槍などの武器を携《たずさ》えている。さらに左右の部屋、後方からも忍びの一団が姿を現し、じわじわと押し寄せて来た。

こうなっては、毒蛇の巣窟《そうくつ》に踏み込んでしまったような身の不運を嘆くしかなかった。

萩丸と菊丸が、指図を仰ぐ目をサッと薊に向けた。

薊は覚悟の表情になり、二人へ首肯《しゆこう》してみせると、

「ここは散るのです。武運あらば、また会いましょう」

その悲壮な声に、萩丸らが決意してギュッとうなずいた。

この場合、助け合うことはできなかった。仲間を見捨てるのではなく、おのれだけが生き延びるしか道はないのだ。この状況で情実は不必要であり、それが暗黙で定められた忍びの世界の掟《おきて》だった。

薊が辺りに鋭い目を走らせ、廊下の掛行燈《かけあんどん》三つに向かって矢継早《やつぎばや》に手裏剣を放った。たちまち灯がかき消され、真っ暗となる。

闘いの火蓋《ひぶた》が切って落とされた。

薊、萩丸たちが三方に散り、忍びらと白熱した闘いを繰り広げた。白刃と白刃が鈍い音を立ててぶつかるが、誰一人声を発さず、殺意ばかりが充満し、炸裂した。

薊は数人を斬り伏せ、逸早《いちはや》く表へ飛び出した。

その時邸内から、萩丸か菊丸のどちらかの悲鳴を聞いたような気がした。しかし助けに戻るわけにはゆかず、そのまま闇のなかを突っ走った。

追手が数人、走って来た。

丈の高い草むらへ身を投げ、薊はそこに隠れて息を殺した。

数人が薊に気づかず、走り抜けて行く。

薊がそこから出ようとしていると、一人の足音が戻って来たので、また身を伏せた。

戻って来たのは嘉門次で、そこに立ってうろんげに辺りを見廻している。嘉門次の顔貌はまだ若く、三日月に似て削《そ》がれたような面立《おもだ》ちだ。その目がジッと草むらに注がれている。

やおら忍び刀を抜き、草のなかへ白刃を突き立てた。だが手応えがなく、嘉門次は歯噛みしてやみくもに辺りを突きまくった。

それより早く薊は身を転がしていて、嘉門次の手の届かぬ所にいた。

嘉門次は突くのをやめ、それでも疑わしく辺りを見廻していたが、やがて背を向けて立ち去った。

薊が草むらから立ち、身を屈めて嘉門次の追跡を始めた。

それは嘉門次を仕留めるためではなく、ある狙いを持っての追跡だった。

六

曇り空が俄《にわか》に晴れて、緑陰に強い日差しが降り注ぎ、毘沙門堂の奥に潜む薊の顔を照らし出した。

そこには古ぼけた石像、御輿《みこし》や祭りの道具などが、がらくたと一緒に雑然としまわれてあった。これでは毘沙門堂ではなく、ただの物置小屋だ。

薊はその堂内から庄屋の別宅を見張っている。今のところ忍びたちは姿を見せず、またその出入りもない。邸内はひっそりと静まり返っていた。

昨夜は嘉門次の行く先を突きとめておき、それから色四郎につなぎをとった。

その場所は毘沙門堂から半里ほど先にある立ち腐れの芝居小屋で、色四郎は無人のそこを勝手にねぐらにしていた。

庄屋の別宅での出来事を薊から聞くや、色四郎は色を失った。

いかに罠だったとはいえ、おのれのもたらした偽情報によって薊たちが危機に瀕《ひん》したのだから、彼は恐慌をきたし、束の間死をも覚悟したようだ。

その色四郎をなだめて説得し、ある探索を頼んで、薊は毘沙門堂の近くへ戻り、色四郎とおなじように付近の百姓家の納屋に勝手に潜り込み、昨夜はそこで泥のように寝た。

しかし朝になってこうして毘沙門堂へ来てみても、萩丸も菊丸も姿を現さなかった。

（二人とも、もしや……）

薊の唇から、覚悟していたとはいえ悲しげな吐息が漏れた。

萩丸と菊丸は、薊が幼い頃から甲斐の山里で共に育った仲間だった。

忍び集落は隠し砦《とりで》のような造りなので、滅多に人目に触れることはなかった。そこでは数百人の忍び集団が生活をしていた。戦国時代は数千人だったという言い伝えだ。彼らは農耕に長《た》けていて、百姓と変わらぬ暮らしぶりだったが、余人の知らぬ所では獣のように山野を駆けめぐり、猿《ましら》の如くに木から木を伝い、忍びの修行に日夜精進していた。

戦国の世から百年以上を経て、このような元禄の太平の只中に何ゆえの修行なのかと、薊は時に疑問に思うことがあった。だが来たるべきその日のためにと言う長老の言葉に、惑わされつつも、それは受け継がれねばならぬ忍びの血統なのだと、おのれを納得させていた。

その忍びの長老はただふた文字、梵天《ぼんてん》という名で、薊が心から崇拝してやまぬ忍びの達人であった。

しかし薊としては、来たるべきその日が再び戦国の世になることだけは避けたかった。

大地が血まみれの戦場となり、それによって悲劇が生まれ、民百姓衆の嘆く姿は、この目で見たことはないにしろ、決して想像に難くないのだ。

忍びの修行は別として、薊、萩丸、菊丸はそれ以外はふつうの少女たちであった。それでも上忍、下忍の身分差は歴然と教え込まれていたので、少女ながらも上下関係はきっちり守られていた。

といって、そんなことで高慢になるような薊ではなかったから、萩丸たちも初めから心を開いて薊につきしたがってきた。ゆえに彼女たちの共通した感情には姉妹に近いものがあった。

たとえ血を分けた仲ではなくとも、同族という意識は強く、それを失うことは骨肉を切断される以上の痛みがあるのだ。

もし萩丸たちが生きているのなら、この身を挺《てい》してでも救出するつもりだった。

「薊様」

足音もなくやって来た色四郎が、小声で呼んだ。

薊が「ここです」と答え、色四郎が毘沙門堂の奥へ入って来た。

「どうでしたか」

まず何よりも、薊は探索の結果を知りたがった。

「本物の大石殿の屋敷がわかりましたよ、薊様。おなじ山科なのですが、ここより少し行った西野山村《にしのやまむら》と申す所に、大石殿は主税殿と二人でお住まいでした」

「偽の奴らはそれも調べた上で、本物になりすましたのですね」

薊の言葉に、色四郎がうなずき、

「大層立派な屋敷で、千八百坪ということです。大石殿は去年移り住んでから庭園を整えられ、田畑まで開墾《かいこん》しておりました」

「そこが終《つい》の住処《すみか》と、世間を欺《あざむ》くためなのでしょう」

「はい、わたくしもそう思います。そこでは大石殿は池田久右衛門《いけだきゅうえもん》と名乗っておられました。恐らく母方の名ではないかと」

「その目で確かめたのですか、大石殿を」

「いえ、それが……」

「どうしました」

「大石殿は京の都へ出られると近隣に申されて、そのまま主税殿を伴い、五日ほど前に屋敷を出ております。ですから不在で、住まいは空っぽでした」

「きっと京、大坂の浪士方と会っているのでは」

「もう戻らぬということも考えられます。機が熟したのですよ。山科の屋敷を引き払い、わたくしはやがては江戸へ下るような気がしてなりません」

「あるいはそうかも知れませんね」

大石に会ってみたいと思う気持ちと、このまま会わずにいた方がよいというのが、今の薊の相半ばする正直な感情だった。大石のことを考えると、薊の気持ちはいつもぐらぐらと揺れた。

「薊様、大石殿を護るのがこたびの仕事ですから、このまま後を追った方がよろしいのでは」

「いいえ、萩丸と菊丸の安否を確かめるまでは山科を出るわけには参りません」

「はあ、それはそうですが……」

「すぐにかたをつけます。それから大石殿のあとを追いましょう」

色四郎がうなずいて、

「それとあの庄屋の別宅ですが、大坂の商人が買い取ったことになっております。堺《さかい》の堀池屋と称しているそうですが、恐らくでたらめでしょう。小作人たちに聞いて廻ってわかったのですが、堀池屋が屋敷を買ったのはわずかひと月前です。つまりわれらをあそこへ誘い込むために、着々と計略は練られていたのですよ」

そこで色四郎は薊の顔色をそっと窺うようにし、恐縮の目を伏せて、

「あのう、わたくしが至らぬばかりにこのようなことに相なりまして、誠にもって申し訳もなく……」

薊が苛ついて、

「もうよいのですよ、そのことは」

「は、はい」

カサッ。

表で微かな物音がした。

薊が色四郎と見交わし、息を殺す。

すると誰かがお堂の扉の前に倒れ込むような大きな音がした。

二人が短剣を抜き放ち、そこから飛び出した。

菊丸が息も絶えだえに倒れ伏していた。

「菊丸」

薊が駆け寄り、抱き起こした。

色四郎も眉を寄せて覗き込む。

「ああっ、薊様、よくぞご無事で」

気が弱っているのか、菊丸がハラハラと落涙した。気だけでなく、躰も疲弊《ひへい》しているように見えた。

二人は菊丸をお堂のなかへ担ぎ入れると、

「何がありましたか、萩丸はどうしました」

薊が問い詰める。

「は、萩丸は……」

苦しい息遣いで菊丸がそれだけ言った。

「いったいどうしたというのだ、もう生きていないのか、萩丸は」

色四郎が思わず菊丸の細い肩をつかんだ。

菊丸はかぶりをふって、

「いいえ、いいえ、生きております」

菊丸が語り出した。

昨夜の激戦のなか、薊が逸早く切り抜け、萩丸と菊丸もすかさずその後を追った。だが無数の兇刃に阻まれてそれが果たせず、決死で闘ううち、菊丸が囚われてしまった。それを萩丸が戻って来て一味を蹴散らした。そして共に逃げようとしたが、今度は萩丸が不覚をとって肩先に疵《きず》を負い、囚われの身となった。

それでやむなく菊丸だけ屋敷を抜け出したのだが、それでも追手の追及が厳しく、逃げるのがやっとだった。

そうしてひと晩中近在をさまよい、夜明けを待ってこの毘沙門堂をめざしたのだと菊丸が言う。

「戻ってはならぬという掟なのに、おまえたちは……」

責めるのではなく、温かみのあるつぶやきを薊が漏らした。

菊丸は伏目がちになり、

「は、はい、それはよく……わたくしたちはまだ、修行が足らぬのです」

薊がかぶりをふって、

「いいえ、よくぞ生き延びてくれましたね、菊丸」

「はい、薊様のお顔を見ずに死ねるものかと必死でした」

菊丸がたまらず号泣し、薊がその菊丸をやさしく抱いてやった。たがいに慰め合う若き姉妹なのである。

「薊様、どうなされますか」

色四郎の問いに、薊は冷厳な目になり、

「申すまでもありません。何があっても萩丸を助け出します」

「薊様、それはなりませぬ」

菊丸が必死の目になり、

「あの屋敷はからくり屋敷なのです。至る所に罠が張りめぐらされてあります。むざむざ死地に飛び込むおつもりですか」

「なんの、死んでたまるものですか」

薊がふてぶてしいような笑みを浮かべた。

色四郎の話では、堀池屋と称する一味が庄屋の別宅を買い取ったのはひと月前だという。そのひと月でどれだけのからくりが仕掛けられるか。地下を掘るのはとても無理だろうし、どんでん返しまでできるかどうか。忍びのからくり屋敷には精通しているから、薊のなかにおおよその予想は立った。

「萩丸がそうなら、こちらにも人質があるのですよ」

薊が言ってのけた。

七

嘉門次は流れ忍びで、軒猿の棟梁《とうりょう》万鬼斎に雇われ、こたびの大石内蔵助暗殺に加担していた。

その大石を護る甲斐の透波《すっぱ》どもを抹殺するのが、大石暗殺以前の前提としてあり、それがために庄屋の別宅を買い取り、そこを舞台として透波を誘い込んでの皆殺しを企《たくら》んだのだ。

伝蔵というのは嘉門次の兄で、大石に化けたことでもわかるように、今回の作戦の仕切り役である。

だから他の忍びたちと違い、嘉門次は遊軍的な立場で作戦に参加していた。

これまで嘉門次は、兄の伝蔵と組んでどれだけの悪事を働いてきたか数知れなかった。忍びの技を必要とする仕事などは滅多にないから、ふだんの稼ぎはほとんど押込み強盗である。

彼らは突波《とっぱ》と呼ばれる信濃国《しなののくに》出身の忍びだったが、元より兄弟揃って素行が悪く、それで里を石もて追われ、浮世に放り出されたのだ。

昨夜は透波のくノ一を追跡したが逃げられてしまい、そのまま庄屋の別宅には戻らずに粟田口《あわたぐち》の女郎屋へしけ込んだ。

くノ一の一人を人質に取ったことは、その後の仲間の知らせで知った。人質がいれば、仲間の女二人はかならず救出に来るものと、伝蔵、佐々介以下は手ぐすね引いて襲来を待っているとのことだった。

戦闘のあとの昂《たかぶ》りから、ひと晩中田舎臭い女郎の肉体を責めつづけ、眠ったのは明け方だった。

日が高くなり、隣りに寝ている女郎の鼾《いびき》で嘉門次は目を覚ました。

女郎は素っ裸で寝ている。その躰から饐《す》えたような女の臭《にお》いがした。

「チッ」

舌打ちが思わず口をついて出て、身を起こして寝床を離れ、着替えにとりかかって忍び刀を腰にぶち込んだ。町人姿だから、忍び刀は長脇差《ながどす》のようにも見えた。

そして来る途中のどんど橋の袂《たもと》に飯屋があったのを思い出し、女郎屋をあとにした。

だがそこを出たとたんに、待ち構えていた二人の娘に囲まれた。

薊と菊丸である。

薊は昨夜嘉門次を追跡し、女郎屋に入るところを確認していたのだ。

娘たちの顔を見て嘉門次は一瞬目を慌てさせ、とっさに忍び刀を抜きかけた。

その嘉門次の脇腹を、菊丸が表情ひとつ変えずに小柄《こづか》で浅く刺した。それはあまりにすばやい動きで、嘉門次にも何が起こったのかわからなかった。

「うっ」

嘉門次が痛みに呻き、そしてみるみる出血が始まり、慌てて着物の上から押さえた。

薊が手拭いを渡してやり、嘉門次がそれを腹に当てる。

「逆らうと命はないと思え」

薊が押し殺した声で決めつけた。

二人の娘は目に殺意をみなぎらせている。

「わ、わかった、どうするつもりだ」

嘉門次が憎悪を押し隠して言った。

「山科へ戻る、つき合って貰おう」

薊の言葉に、嘉門次は表情を強張《こわば》らせて、

「おれを人質に取るというのか。それで仲間を解き放ちにさせる腹だな」

無理に肩を揺すって笑い、

「そうはうまくいくかな」

「うまくゆかねばならぬ」

クルッと後ろを向いた薊が、肘で嘉門次の顔面を打撃した。

「うっ」

鼻柱を折られ、今度は嘉門次は鼻血を噴き出させた。

人通りがないわけではなかったが、三人がそこで何をやっているのか、ほとんど気づかれていなかった。

そして薊たちは山科までの一里ほどを、嘉門次に刃を突きつけ、脅したままで道中をつづけた。

東海道だから旅人の往来は絶えずあるが、三人に不審な目を向ける者はいなかった。

山科へ入る手前の奴茶屋《やっこぢゃや》という所で、薊は嘉門次をうながして道を逸れ、雑木林のなかへ入って行った。

それにしたがいながら、菊丸は嘉門次から目を離さないでいる。彼が逃げようとでもすれば、いつでも小柄で疵つけてやるつもりでいた。

それがわかるから嘉門次は逃げられず、黙々とついて来ている。

薊がうながし、菊丸が嘉門次を木に縛りつけた。

「なんだ、何をしようというのだ」

嘉門次がもがいてほざいた。じくじくと、脇腹の出血がまた始まっていた。

「おまえたちの雇い主のことが聞きたい」

薊が言った。

「雇い主だと……」

とっさに嘉門次が視線を泳がせた。

「軒猿の万鬼斎であろう。そこまではわかっている」

「…………」

「万鬼斎はどのような男か、いや、女かも知れぬな。それを明かせ」

「…………」

薊のつづけざまの問いかけに嘉門次は口をへの字に曲げ、黙んまりを押し通すつもりのようだ。

菊丸が小柄を嘉門次の喉に押し当てると、

「言わねば刺す」

その気魄《きはく》に嘉門次はややたじろぐが、意地を張って、

「ふん、言うものか。やれるものならやってみろ」

薊が菊丸と視線を絡ませ、目顔で命じた。

菊丸がためらうことなく、今度は嘉門次の片耳に小柄を当て、

「では耳を切り落とす。よいのか」

耳のつけ根に刃先が当たり、たらっと血が流れた。

「うっ、やめろ、言う」

菊丸が小柄を引っ込め、薊と共に嘉門次にぐっと見入った。

「お、おれにもよくわからんのだ、万鬼斎のことは」

嘉門次が言うと、薊が詰め寄って、

「では万鬼斎は男か、女なのか」

「男だ、男だ。それは間違いない。歳も若くはなく、爺さんのような声だった。だがそう思っているとはぐらかされて、若者みたいな声を出すこともあった。おれもいろいろな忍びを見てきたが、あれは得体《えたい》の知れぬ化け物だ」

「人相は」

「いいや、顔は見せないようにして面を被っていた。おれと兄者《あにじゃ》が会った時は、頭の上からさらに被衣《かづき》を被っていた。鬼の面をつけて被衣だから、あれは大江山《おおえやま》の鬼かと、あとで兄者と笑ったものだ」

薊が聞き咎めて、

「兄者とは誰のことだ」

「あ、兄者もこたびの仲間に……」

伝蔵のことを口に出してしまい、嘉門次は後悔するが、

「おまえたちも会っている。大石内蔵助に化けたのが兄者だ」

薊と菊丸が鋭く見交わし合った。

「薊様」

「つきはわれらの方にありましたね。肉親ならば、目の前で弟を殺されたくはあるまい」

それから薊は嘉門次に、庄屋の別宅に何人いるのかと問うた。

「三十人だ、いや、おまえたちに数人屠《ほふ》られたから、今はわからん」

嘉門次が答えた。

薊が表情を引き締め、菊丸と無言で見交わし合った。

八

夜の畑で蛙《かえる》の群れが大音声《だいおんじよう》で鳴いていた。

のどかなその鳴き声を耳にしながら、佐々介は安心して握り飯を食っていた。人が近づけばかならず蛙は鳴きやむので、それを目安にしているのだ。

大石主税に化けたくらいだから彼はまだ若年だった。しかし実際の主税は十五歳だが、佐々介の方はとうに二十歳を過ぎている。なのに彼は童顔で若く見えるのである。若くて純に見せかけながら、彼の内面は冷酷そのもので、人を殺すことを愉悦としているような男なのだ。

佐々介は下野国出身の福智流《ふくちりゅう》忍法を会得しており、嘉門次とおなじ流れ忍びだ。福智流というのは伊賀甲賀系の忍びで、嘉門次と違うところは彼は押込みはやらず、女を食いものにしてきたことだ。それほどに彼は無類の女好きで、筆下ろしは十を過ぎて間もなくという早熟さであった。それ以来、女に関して独特の目利きであった。

しかし流派に拘《かか》わらず、男の忍びが女人に手を出すことは原則として固く禁じられており、酒色、物欲は身を滅ぼす元とされ、戒《いまし》められている。

だが佐々介はそんなことはお構いなしで、女は彼の生き甲斐《がい》なのだ。

その伝でいくと、今囚《とら》われているくノ一は彼の絶好の餌食《えじき》なのである。こんな雇われ仕事はすぐに終わるから、そうしたら彼はあの美形のくノ一で食っていこうと思っていた。今までもそうであったように、彼女を手なずけて稼がせるのだ。あれなら高く売れると、すでに胸算用はできていた。

だから本来なら、他の忍びどもに汚《けが》されているところを、佐々介が伝蔵に頼み込み、誰にも手をつけさせずに置いてあるのだ。女色が禁じられているとはいえ、女が人質の場合はその限りではないのだ。

飯を終えると、佐々介は一室を出て廊下に踏み出し、用心深く奥へ向かった。用心深くというのは、うっかり仕掛けに触れると白刃が飛び出してくる所があり、うかうかできないからである。

蛙の鳴き声は途切れることなく、つづいている。

突き当たりの壁に手をかけ、手探りをしながら一部を押した。すると壁が廻転してどんでん返しとなり、秘密の廊下が現れた。そのどんでん返しは彼が工作したもので、作った時の労苦が思い出された。

このひと月で、皆で屋敷の至る所に作り上げた仕掛けなのだ。ひと月では地下倉は無理だったから、それは掘れなかった。

秘密の廊下を突き進んで行くと、小部屋があった。

そこは座敷牢になっている。

佐々介が入室し、油断なくそっと牢のなかを窺い見た。

うす暗いなか、萩丸が薄物を躰にかけて仰臥《ぎようが》していた。

「どうだね、疵《きず》の具合は」

やさしげな声で佐々介が話しかけた。

萩丸はこっちを見もせず、沈黙している。

昨夜の激闘のさなか、彼女は肩先に疵を負った。それで囚われてこのかた、他の忍びは姿を見せず、この男だけが萩丸に接触している。なぜかわからぬが乱暴もせず、何くれとなく世話をしてくれる。萩丸にしてみればうす気味悪くてならない。

しかし男の目的はわからずとも、利用するという手はあるのだ。

ところがまだ十七の萩丸に、年増のくノ一のような色仕掛けはできない。心身共にそこまでの成熟はないのである。色仕掛けのあの手この手は教え込まれているものの、それを実行するとなると話は別だった。

といって、そんなことを言っている時だろうか。今はともかくここから脱出せねばならないのだ。焦る気持ちが突き上げてきた。

(やってみようか)

心中ひそかにそう思った。

自信はなかったが、体当たりの気持ちになって首を佐々介の方へ廻した。そこで恥ずかしげに頬笑《ほほえ》んでみせた。

(脈があるではないか)

佐々介の方は生唾を呑む思いがし、そこで改めて萩丸の美貌に触れ、眠っていた男が覚醒した。

肩先の痛みは大分やわらいだが、萩丸は苦しいような表情を作って、

「痛みが去らずに困っております」

「ああ、それはいけないね。晒《さら》しを取り替えて上げよう」

佐々介は浮き立つ心を抑え、鍵を取り出して牢を開け、なかへ入った。

萩丸はますます痛そうな顔をしている。

佐々介が萩丸の枕頭《ちんとう》に侍《はべ》り、その左の片肌を剝ぎながら、古い晒し木綿《もめん》を新しいそれと取り替えようとした。

間近で萩丸と目が合い、佐々介がギョッとなった。

萩丸は誘うような目になっている。それは教え込まれた必死の演技なのだ。

「おまえ……」

甘い戦慄《せんりつ》を覚え、佐々介はカッと頭に血が昇った。何もわからなくなり、やおら萩丸に被さって狂おしい愛撫を始めた。片手を伸ばし、彼女の秘部に触れんと肌をまさぐった。

萩丸はそれを嫌がるようにしながら身をよじり、すかさず佐々介の躰を両足で挟み込んだ。次の瞬間、彼の胴体を渾身《こんしん》の力をこめて締めつけた。

「ううっ」

身動きがとれなくなり、佐々介が必死でもがいた。手足をバタつかせていたが、やがて両腕を伸ばして萩丸の首に手をかけた。それで懸命に絞めようとする。

だがそれより早く、萩丸が両手の中指と人指し指を立て、佐々介の両眼を抉《えぐ》るように突いた。

「ああっ」

目を潰された佐々介が苦しみもがく。それでも往生際悪く、やみくもに萩丸の首を絞めつづける。

息苦しさに萩丸の顔面が鬱血《うっけつ》した。汗で濡れた乱れ髪が頬に張りつき、凄艶《せいえん》な姿だ。

萩丸が決死で腰をはね上げ、一瞬宙に浮いた佐々介の腹を蹴りのけ、サッと身を起こした。かんざしを抜いて彼の躰の上にのしかかり、両手でそれを握りしめて胸を刺そうとした。だが一手早く佐々介がその手首を捉《とら》え、力比べとなった。

二人が烈しく揉《も》み合う。

かんざしが萩丸の手から落ちた。

もはや佐々介には憎悪しかなく、渾身の力を籠《こ》めて萩丸を殺戮《さつりく》しようとしている。

「くわっ」

突然、佐々介の口から悲鳴が漏れた。

組み敷かれた萩丸がかんざしを拾い、下からまっすぐに腕を伸ばして佐々介の喉を突いたのだ。

喉から血を噴き出させた佐々介がどさっと倒れてきた。それより早く萩丸は佐々介から身を離していた。

やがて佐々介が動かなくなり、その首根に手をやって死を確認するや、萩丸はすばやく座敷牢を飛び出した。

そして廊下の隅にある部屋へ忍び寄った。そこに三人の忍びが牢の番をしていることを知っていたのだ。

耳を欹《そばだ》てた。

なかから気配は伝わってこず、何も聞こえてこない。

かんざしを握りしめ、部屋に飛び込んだ萩丸があっとなった。

三人の忍びが喉を切り裂かれ、仰向けに倒れていたのだ。

(どういうこと……)

そう思った刹那《せつな》、枕屛風の陰から薊と菊丸が姿を現した。二人とも、その手に忍び刀を下げている。刃は血に染まっていた。

萩丸の喉の奥から、熱っぽいような、感極まった呻き声が漏れた。

二人が何も言わずに萩丸に寄り、身を寄せ合った。会話は交わさず、三人は目と目でたがいの安否を確かめ合った。

菊丸が萩丸に持参の忍び刀を手渡した。

そうして三人は部屋を飛び出し、まっしぐらに廊下を小走った。

不意に薊が諸手を広げて立ち止まり、萩丸たちの動きを止めた。

目の前に黒く塗った鳴子《なるこ》が張りめぐらされてあったのだ。

薊が最初にそれを跳び越え、萩丸、菊丸がつづいた。

菊丸の爪先が少しだけ鳴子に触れた。

カラカラッ……。

鳴子が連動して鳴った。

九

鳴子の鳴る音に、刃物を研《と》いでいた伝蔵の手がヒタッと止まった。

「……」

表情をどす黒く歪《ゆが》ませ、伝蔵の目が鋭く反応した。

この男は信濃国の突波で、中忍だったが、弟の嘉門次共々、里で問題を起こして追放の憂き目に遭っていた。問題というのは兄弟で共謀し、気に食わぬ上忍を斬り殺したことなのだが、そういうことを仕出かすと全国どこにも身の置き所はなくなるものだ。ゆえにこうして夜盗になり下がり、悪行を重ねて生き延びてきた。こたびの大石暗殺は久々の大仕事だったから、これをうまくやり遂げ、伝蔵としては万鬼斎の傘の下に入れて貰いたいと願っている。しがない夜盗暮らしをつづけているよりも、それはやはりこういう仕事の方が忍びの本領を発揮できるからだ。

伝蔵は忍び刀を横にして口にくわえるや、やおら横っ飛びに壁に跳んだ。と見る間に、蜘蛛のように天井に飛びつき、一枚の板をずらして開け、その姿は天井裏に消えた。

そうして天井裏を恐るべき速さで這って進み、座敷牢のある部屋の天井裏から現れ、ストンと下り立った。

佐々介の無残に殺された遺体を一瞥《いちべつ》する。それを見てもなんの感情も表さず、伝蔵は廊下の隅にある部屋へ向かった。さらにそこに転がった三人の忍びの遺体を見て、さすがに伝蔵の形相が険悪なものになった。

「おのれ……」

首にぶら下げた呼び子を吹いた。一度吹いてやめ、また二度つづけて吹く。それが敵の襲来を知らせる合図だ。

その音が夜の静寂《しじま》を破り、邸内に響き渡った。

屋敷のあちこちで何かがうごめく気配が、不気味な怒濤《どとう》のように伝わってきた。姿も見せず、音もさせぬまま、それがうねりながら伝蔵の耳に届く。

伝蔵は油断なく、その場から消えた。


忍びが三人、抜き身の忍び刀を手に廊下をやって来た。

彼らはまだ若く、こうした戦闘の経験はないようで、極度の緊張をみなぎらせ、警戒の目を辺りに光らせている。

ポタッ。

近くで水滴の落ちる音がし、それがやけに大きく感じられ、三人はおなじ不気味な思いで見交わし合った。次いで誰かが桶《おけ》の水を流す音がし、三人の足は恐る恐る近くの湯殿《ゆどの》へ向かった。

湯殿の戸の隙間から湯煙が漏れ出ている。誰も湯になど入っていないはずである。一人が意を決して戸を開けると、もうもうたる湯煙の向こうに、白い女の裸身がこっちに背を向けて立っているのが見えた。

(くノ一だ)

三人は同時にそう思い、白刃を構えて湯殿へ荒々しく踏み入った。

すると裸身はまったくの幻覚のようで、湯煙が流れるや、すうっと跡形もなく消えたのである。

三人が当惑し、狐につままれたように見廻していると、その背後に忽然《こつぜん》と薊が立った。

裸身ではなく、黒い忍び装束姿だ。

一人があっと叫んだ時には、薊の忍び刀がその男の喉を突き、返す刀で残りの二人が瞬時にして斬り伏せられた。

三人が折り重なって倒れ伏した時には、薊の姿はどこにもなかった。

パッと障子に血飛沫《ちしぶき》が飛んだ。

萩丸に袈裟斬りにされた忍びが、声も音も立てずに崩れ落ちた。

もう一人は恐怖の混ざった唸《うな》り声を上げ、菊丸にしゃにむに突進した。

菊丸がすばやく身を躱《かわ》し、その男の横胴を払う。血達磨《ちだるま》になった男が悶死《もんし》する。

それらを慄然《りつぜん》と見ていた残りの三人の忍びが、われ先に次の間へ逃げた。

萩丸、菊丸がすかさず追う。

と——。

隣室には、伝蔵を先頭に十人ほどの忍びがズラッと立ち並んでいた。いずれも殺意を剝き出しにしている。

伝蔵は火縄の短筒《たんづつ》の銃口を二人のどちらにともなく向け、残忍な笑みだ。

ハッとなった萩丸たちがたじろいで後ずさった。

火縄がチリチリと燃えている。

萩丸と菊丸がクルッととんぼを切って後方に跳び、障子を突き破って身を投げた。

短筒が発射された。

銃弾は壁をぶち抜いた。

それと同時に十人ほどがふた手に分かれ、萩丸たちに殺到した。

たちまち追い詰められ、烈しく斬り立てられて応戦しつつも、萩丸たちが壁を背にして逃げ場を失った。

白刃の林が並び、二人に迫る。

その時、表から嘉門次の悲痛な声が聞こえてきた。

「助けてくれ、兄者」

ギョッとなった伝蔵が片手で窓をぶち抜いて表を窺った。

庭の大木の枝から、嘉門次が縄で縛られて吊るされているのが見えた。

「嘉門次っ」

伝蔵が動転し、その部屋を飛び出して行った。

残りの十人ほどは、とっさの判断がつかずにまごついている。

その隙に萩丸と菊丸は姿を消した。

伝蔵が庭へ躍り出ると、薊がその前に立ち塞がった。

「うぬっ、貴様」

伝蔵が憤怒《ふんぬ》の形相で薊を睨《にら》んだ。

「おまえの弟を人質に取ったが、事のなりゆきでどうなるか、決めかねていた。ここでわれと勝負致せ。その勝敗いかんによって弟の命運は決まる」

「希むところだ」

伝蔵が忍び刀を構え、牙《きば》を剝いて薊に向かい、全速力で走った。

薊が刀を正眼に構え、これを迎え撃つ。
白刃が激突し、火花が散った。
萩丸、菊丸、そして残りの忍びたちが固唾《かたず》を呑んで遠巻きにしている。
嘉門次は吊るされたまま、死んだようにぐったりと動かない。
「とおっ」
伝蔵が咆哮《ほうこう》し、どこまでもまっしぐらに薊に向かって行く。
烈しい鍔競合《つばぜりあ》いとなった。
間近で薊と伝蔵が睨み合う。
一陣の生ぬるい夜風が音を立てて吹き抜けた。
やおら薊の躰をダッと蹴りのけ、伝蔵が刀を大上段にふり被った。
薊はよろめき、体勢を崩している。
刀をふり下ろしかけた刹那《せつな》、伝蔵の口から獣のような呻き声が発せられた。
屈み込んだ薊が、下から刀で伝蔵の腹を刺したのだ。
「ううっ、おのれい……」
伝蔵の手から刀が落ちた。そしてそのまま仰向きに倒れ、絶命した。
薊の左右に萩丸と菊丸が寄って身構えた。

忍びの残党どもを見廻し、

「無駄に命を落とすまでもあるまい。戦意なくば去れ」

薊が言い放った。

男たちは暫し迷うようにしてうろついていたが、やがて一人去り、二人去りして、誰もいなくなった。

薊は後ろ向きのままで嘉門次の胸を刀で突き刺し、萩丸たちと共に後をも見ずに立ち去った。

十

山科西野山村の屋敷を引き払った大石内蔵助は、八月に入って、おなじ京都の四《し》条河原町《じょうかわらまち》にある金蓮寺の塔頭《たっちゅう》、梅林庵《ばいりんあん》という所に仮寓《かぐう》していた。

山科を去ったわけは、伏見奉行建部政宇《たけべまさのき》が吉良上野介の縁者にあたるところから、絶えず間者を放っては大石の動向を探らせていたからだ。

大石にしてみればどこへ行き、何をするにも間者の目があるのだから、これは鬱《うっ》陶《とう》しい限りだ。ゆえに同志との会合場所に行くのにも、かならず道を紆余《うよ》曲折《きょくせつ》させ、裏を掻いてきた。

元禄十四年の赤穂藩の改易《かいえき》以来、大石は主君浅野内匠頭の復讐を腹に含みながらも、できれば乱を起こさず、ひたすら穏便な形でお家再興ができないものかと願っていた。それが本音である。それで東奔西走《とうほんせいそう》してきたのだが、大石自身の胸の内も揺れに揺れたこの一年余であった。

また同志のなかは急進派と穏健派に分かれていて、彼らをまとめる労苦も並大抵のことではなかった。

急進派の代表格のような、武闘派急先鋒の堀部安兵衛に至っては、白刃を抜かんばかりの気魄で大石に詰め寄り、仇討本懐をなすべきだと迫ったことなどもあって、その時は辟易《へきえき》させられたものである。だが忠義第一の堀部の心中はよくわかっているから、大石は決してないがしろにはしなかった。

それが先月の七月十八日、兄の事件以来長らく閉門（謹慎）の憂き目に遭っていたご舎弟《しやてい》浅野大学長広《だいがくながひろ》に、将軍家より欽命《きんめい》が下り、知行召し上げの上、本家である芸州《げいしゆう》浅野安芸守《あきのかみ》の許へ永預《ながあず》けの身となった。

主君長矩の後継者が左遷《させん》されたことによって、お家再興の一縷《いちる》の希みは事実上断たれたわけである。

それゆえ、仇討の決意がなされたのは十日後の七月二十八日のことで、京都の円《まる》山《やま》に関西方面に潜んでいる同志を集め、その会議の席上、大石は一挙決行を宣したのだ。

涼風が暑気を払ってその宵《よい》は過ごし易く、大石内蔵助は梅林庵の茶室にて、至極穏やかな表情で茶を点《た》てていた。

それまで大石に密着し、常に行動を共にしていた息子の主税は江戸下りを控え、その宵は間瀬《ませ》久太夫《きゅうだゆう》六十二歳、大石瀬左衛門《おおいしせざえもん》二十六歳、小野寺幸右衛門《おのでらこうえもん》二十七歳、茅野和助《かやのわすけ》三十六歳らと京都の別の場所にて打合せをしており、不在であった。

大石の前には、不破数右衛門と武林唯七が端座している。共に大坂より馳《は》せ参じたものだったが、しかし二人の顔つきはあくまで深刻で、厳しいものがあった。

それというのも、このところ脱盟者が相次ぎ、前年まで百三十人いた同志が、今では半数以下になっていたからだ。

特に大石を愕然《がくぜん》とさせたのは、小山源五右衛門《こやまげんごえもん》五十五歳と進藤源四郎《しんどうげんしろう》五十六歳の脱盟であった。

二人は共に大石の血縁関係にあり、また因縁《いんねん》も深く、円山会議までは盟友として同志たちからの信頼も得ていた。二人は時に急進派の諫め役を買って出たりもしていたのだ。

小山は大石の祖父良欽《よしたか》の三男で、れっきとした大石一族であるが、二十八歳の時に伯父筋の小山家の養子になっていた。浅野家に小姓として出仕し、逐次昇進して、最後は禄高三百石の足軽頭であった。

進藤も累代の赤穂家の家臣で、彼の母も妻も大石の親戚であり、彼は内蔵助とは従兄弟《いとこ》という間柄だ。しかも大石には後添えの世話までされている。小山とおなじ足軽頭で、進藤の方は四百石を賜《たまわ》っていた。

どちらもこれまでの流れから、大石の胸の内を知悉《ちしつ》しており、それだけに義挙の気力が急に失《う》せた理由が大石にはわからない。裏切られたとしか思えないのだ。しかし大石は基本的に去る者は追わずの主義だから、二人に翻意《ほんい》をうながすことはしなかった。

「ご城代、恐らくこの先も脱盟者はまだまだ増えましょうぞ。これを食い止めることは誰にもでき申すまい」

不破が重い声で言った。彼らは依然として赤穂時代の呼び名で大石を呼ぶのだ。がっしりとした体格は相変わらずで、勇猛の士らしい落ち着きが具わっている。

すると精悍《せいかん》な面構えの武林も、過激な目を血走らせて、

「なんらかの策を講じ、やめて行く方々の口封じをしなくてもよろしゅうござるか、ご城代」

「その必要はあるまい」

大石が表情ひとつ変えず、穏やかな口調で言った。

不破と武林が蓟たちに言ったのは虚言であり、大石は梅干しを思わせるような小男ではなかった。体型は小肥《こぶと》りでどっしりとしており、まず何よりその包容力と慈愛をそこはかとなく余人に感じさせる男なのだ。

「血判を捺《お》しながらも様々なしがらみにからまれ、脱落して行く同志を、わしはゆめゆめ責めるつもりはない。人は人、おのれはおのれ、皆それぞれに考えがあり、立場があるは当然じゃ。われらは最後まで心をひとつにする真の同志だけで、初一念を貫けばそれでよかろう」

武士の義理と人情の板挟みとなり、苦悶の末に仁義を捨てて情に溺れた脱盟者を、決して責めるなと大石は言っている。腹の底に牢《ろう》として動かぬ磐石《ばんじやく》の信念を持ちながらも、去りゆく者に対してのこの寛大さこそ、大石内蔵助という男の度量の広さを語っていた。

こんな状況下だからこそ、疑心が暗鬼を生じさせてはいけないのだ。

その大石の言葉に感じ入りつつ、不破と武林は複雑な視線を絡ませ合った。

そしてたがいをうながし合うようにしていたが、

「ところがご城代、そのことに関してちと解せぬことが……」

不破が言った。

「なんとした」

大石が真顔で不破を見る。

「脱盟者に対し、陰にてそれをうながす者がいるのではないかと、われらの同志内で妙な噂が」

「違盟に関し、何者かが糸を引いていると申すのか」

大石が不審顔になって言う。

「御意。仮にそのような輩が存在するなら、外側からわれらの結束をつき崩さんと致す狙いは、明白にござる」

「……」

「ご城代、このまま放っておきますか。それとも……」

武林の言葉が終わらぬうちに、大石は鋭い口調になり、

「それはとんでもない話ではないか。そんな輩を放っておくわけにはゆかぬ。怒りを覚えるぞ。いつもの幕府の間者《かんじゃ》どもとは、また違うような感がする。そのこと、その方らで糾明《きゅうめい》してくれるか」

不破と武林が同時に「はっ」と言い、応諾《おうだく》した。

それから辞去する二人を送って、大石は玄関まで来たところで、

「例のくノ一どもは如何《いかが》した。もう姿は現さぬか」

穏やかな表情に戻り、薊たちのことを問うてきた。

不破と武林が大坂へ向かう途次、忍びの三人娘と道中を共にしたという、奇妙な体験談を聞かされて以来、そのことが大石の頭から離れなかった。しかも娘たちは、新居の関所に囚われた不破たちを忍びの術を使って破牢までさせたのだ。その折、自分たちは大石を護るのが使命なのだと言ったという。

「はっ、その後はとんと……」

武林が言うと、不破はなつかしいような笑みを浮かべ、

「あれは実によき娘たちでございました。恐らく今もどこかの闇に潜み、われらのことを見ているのでは」

「ふむ」

「ご城代、問題はご城代の警護に、何者がくノ一たちを雇ったかでござるよ」

武林の言葉に、大石は何も答えず、

「一度会ってみたきものよのう」

と言った。

「ご興味がおありですか」

さらに武林だ。

「実はな、その昔に忍びの女と関わりを持ったことがあった。わしがまだ二十代の頃の若き日のことじゃ」

不破と武林が驚きの目で見交わし合い、

「そ、それは聞き捨てなりませぬな。まったく初耳ですぞ。どのような経緯で忍びなどと交わりを」

不破の疑問に、大石ははぐらかすように破顔して、

「ハハハ、いやいや、聞いてくれるな、またどのような追及を受けようとも、話す気もないぞ」

大石がそう言っても二人は得心がゆかず、その場に止まって話のつづきを聞こうとしている。

それを大石は追い払うようにし、二人を送り出した。

そして再び茶室に戻り、大石は静かに茶を喫《きっ》しながら、追憶の目になった。

「どうしているか、琴音《ことね》……」

ひとりごち、薊の母の名を口にした。

無言のまま指を折っているのは、琴音という女の歳を数えているかのようであった。

十一

そのおなじ頃――。

京都南禅寺《なんぜんじ》近くの茶屋で、小山源五右衛門と進藤源四郎は苦々しくも不味《ふあじ》な酒を酌《く》み交《か》わしていた。

今や二人の身分は浪人だが、共に上物の絽《ろ》の羽織を着ており、金銭に困窮した様子は見られない。つまりは赤穂藩改易に際し、大石から禄高に応じた多額の金子《きんす》を分配して貰ったからである。

開け放った障子の向こうには、明月に照らされた大文字山《だいもんじやま》の山影がくっきりと見えていた。

「こ、これでよかったのかのう、源五……わしはどうにも、そのう……」

進藤が盃を持つ手を小刻みに震わせ、烈しい逡巡《しゅんじゅん》を浮かべながらおろおろとした口調で言った。頭髪が後退し、小さく結んだ髷はその痩軀《そうく》とおなじようにいかにも貧相である。

それに比べ、小山はでっぷりと肥えて顔の色艶もよく、意気盛んといった様子で、

「弱気になるでない、何を今さらくよくよ迷うか」

彼は円山会議後、「相違するところあり、義挙は降りる」と述べた書状を、息子の弥六《やろく》との連名で大石に提出していた。

進藤は酒を立て続けに、無理に呷《あお》るかのようにして、

「しかしわれら二人は去年六月の城明け渡しの折、仇討のこと一番に進んで血判し、城中にて連盟したのだ。あの時は内蔵助でさえ、まだ進退を決めかねていた。しかるに殉死まで考えたと申すに、われらの鉄心はうちとろけてしもうた。周りの者たちにそのことどのように見られているものか。同志の誰それに、口先ばかりの腰抜け侍と罵《ののし》られても今や一言も返せんのだ」

深く感じている引け目を口にした。

小山は鼻で嗤《わら》って、

「ふん、あの時はあの時ではないか。人の心は常に変わる。家臣として君父《くんぷ》の仇《あだ》を討つは決してやぶさかではない。その思いは今も変わらぬつもりよ。されど未だ時に至らず、同志の心が一決しておらぬままに、備えも堅固な吉良上野にどのようにして立ち向かえるものか。徒《いたずら》に歳月ばかりを費やし、決断を遅延させた大石が悪いのだ。仇討にもし失敗したなら、われらはいいもの笑いの種にされる。君家の恥《ち》雪《せつ》の上に、さらなる霜《しも》を加えてなんとする」

その言葉に、進藤は俄《にわか》に勇気づけられたようになり、

「うむ、うむ、その通りじゃ。失敗致さば、天下の人の口に誹《そし》られるは必定。再び一門の難儀を招いてはならんと思うぞ」

「いかにも。機を逃したるはすべて内蔵助のせいなのじゃ。今は若い同志の血気ばかりが空廻りをしておるではないか。すでにとうの昔に仇討の時を逸したのだ。それもこれも内蔵助がいかん。よいか、われらは臆病風に吹かれたのではない。義武《ぎぶ》というものを尊《たつと》ぶがゆえ、命を大事に考えただけなのじゃ。それのどこが悪い」

「おう、おう、お主の言葉は百万の味方ぞ」

小山が深くうなずき、

「近頃ようやっとわかったことは、内蔵助の真の姿は不忠者なのだ。あれは禽獣《きんじゅう》に等しき男ということよ」

おのれの不義心を隠したいがため、小山は大石を不忠者呼ばわりし、その義気を取り潰そうとしている。

「う、うむ、そうかも知れん」

曖昧に言って、進藤が迎合した。

その時、隣室で微かな物音がした。

ハッと見交わし合い、小山と進藤が顔を青くして大刀を引き寄せた。耳を欹《そばだ》てるが、あとは何も聞こえてこない。

小山が立って、パッと唐紙を開けた。

そこに武家娘に化けた薊がいた。

今宵は艶《あで》やかな緋色《ひいろ》の小袖を着て、落ち着き払った風情でひとり盃を傾けている。うら若き乙女とはとても思えぬ堂に入った物腰だ。

「そこ元、われらの今の話を聞いておったであろう」

小山が問い詰めても、薊は素知らぬふうでゆっくりと酒を口に運んでいる。

進藤も立って来て、小山の横に居丈高《いたけだか》に並び立ち、

「おのれ、小癪《こしやく》な娘であるな。何者だ。侮《あなど》ると容赦はせぬぞ」

そこで初めて薊は顔を上げ、二人を針のような目で睨むと、

「大義を前にして、臆病風に吹かれた腰抜け侍」

侮蔑《ぶべつ》をこめ、吐き捨てるように言った。

「な、なんと……」

進藤が身震いするほどに狼狽《ろうばい》し、怒りで顔を真っ赤にさせた。

小山はすらりと抜刀し、隣室へ入って薊の前に立った。

「話を聞かれたる上は、生かしておくわけには参らんな」

「どうぞ、お斬りなされませ。このような所で刃傷沙汰《にんじようざた》を起こせばどうなるか。お困りになるのはそちらではありませぬか」

薊が微塵《みじん》も臆することなく、平然と言ってのけた。

「うぬっ」

小山が怒髪天《どはつてん》を衝《つ》き、片腕で刀をふり上げた。

薊は微動だにせず、青く光るような目で小山を見据えている。

「くっ、くうっ……」

小山が圧倒され、歯嚙みする声がその口から漏れた。薊を斬るに斬れないのだ。

やがて小山は腰砕けとなり、その場に膝を突いた。

進藤もよろよろと小山の背後に座る。

「何者なのだ。吉良の間者か」

勢いの衰えた声で小山が言った。

「いいえ、只の小癪な小娘でございますよ」

小面《こづら》憎く言って薊は二人を眺め、そして皮肉な笑みを湛えて、

「大石殿を禽獣と申されましたな」

それを言った小山は顔が上げられない。この正体の知れぬ謎の娘に、おのれの胸の内を見透かされているようでたじたじとなっている。

薊がつづける。

「人と禽獣の違いは、仁義があるをもって人とし、それがなき者を禽獣と申します。君父の仇と共に、おなじこの世に生きていたくないと申す教えもございます。大石殿は武士の覇道《はどう》を歩いておられます。その大石殿のどこが禽獣なのですか。また大石殿のご決断がここまで遅延したわけは、ご舎弟大学様の安否を見てからと思えばこそなのです。それが今や大学様が芸州に左遷されたる上は、もはや今生《こんじょう》の頼みも消え失せたのです。たとえ亡君が憤りを抱いてお亡くなりになられても、死後の

面目が立つようにお上が取り計らっていて下されば、諸士一同は仇討など考えますまい。浅野家社稷《しゃしょく》の浮沈がかかっている時、真の忠義心があるなら、おのれの命など捨てる覚悟をつけるべきでは。今まさに、大石殿はそれをなされようとしておられます」

小山、進藤はうなだれ、言葉もない。

そこで薊は声を低くして、

「亡君の恥辱は日に日に増し、仇敵《きゅうてき》吉良はさらに勢《せい》を得て、泉下《せんか》の亡君のお嘆きはいかばかりか……」

小山は無言だが、進藤の喉の奥から苦しいような呻き声が聞こえた。

「仮に仇討本懐を遂げたなら、赤穂の方々は忠義の臣としてその高名は遠く異国にまで及びましょう。しかるに脱盟せしあなた方の不忠者の汚名は、末代までも消えることはございますまい。禽獣とは、仁義を欠いたあなた方のことなのですよ」

重苦しい沈黙が流れた。

「いったい何者なのだ、そこ元……」

小山がからからに乾いたような声で、薊に問うた。

薊がまた皮肉な笑みを漏らし、

「さあ、何者と思われますか。不忠者のお手前方に名乗る必要はございますまい」

痛烈に言い放ち、サッと立ち上がるや、

「精々お命を大切に、百歳までも生き長らえて下さりませ」

捨て科白《ぜりふ》を二人に浴びせて出て行った。

残された小山と進藤は暗く押し黙り、たがいの顔さえ見るのも辛い思いで、身じろぎもしないでいる。それはもはや、魂を失った人の脱け殻のようであった。

十二

南禅寺近くの茶屋から出て来ると、薊の前に色四郎、萩丸、菊丸の影が立った。

色四郎は薊に目顔でうながし、人目を憚《はばか》って三人を雑木林の奥へ誘う。

木々は夜露に濡れ、空気はひんやりとしていた。

「わかりましたか、色四郎」

薊の問いに、色四郎が確《しか》とうなずき、

「三条の南、西洞院《にしのとういん》に里村幽山《さとむらゆうざん》と申す茶人がおるのですが、どうやらそれが……」

「万鬼斎の手の者なのですね」

薊が緊張をみなぎらせて言った。

色四郎が「恐らく」と言って首肯する。

赤穂浪士たちの間に脱落者が相次いでいると聞きつけ、それを不審に思った薊が色四郎に調べさせた。脱落を万鬼斎の陰謀ではないかと睨んだのだ。

そうして大石の親戚である小山源五右衛門と進藤源四郎を割り出し、最前の一幕となったのである。

「それは、どのような男なのですか」

萩丸が色四郎に問うた。

「歳は四十がらみで腰が低く、世馴れた感の男だよ。家族はなく、一人で暮らしている。どこから来たのかは不明で、まだ西洞院に移り住んで三月《みつき》も経《た》っていないそうだ。つまり何から何まで怪しいのだな」

「浪士方との接触は目にしましたか」

これは菊丸だ。

「それが幽山は浪士方とは直接会わない」

「では、どのようにして？」

菊丸が面食らう。

「浪士方の妻や母、娘などに近づき、籠絡《ろうらく》しているようなのだ」

「身内をつき崩し、きっと何かを吹き込むのでしょうね」

薊が言うと、萩丸が顔を向けて、

「薊様、最前の小山、進藤の二人に、幽山のことは聞かなかったのですか」

薊は目を一点に落とし、侮蔑の色を浮かべると、

「それを聞き出そうと乗り込んだつもりが、二人の話を耳にしているうち、わたくしの方が熱くなり、彼らの行いを咎めて出て来てしまいました。大石殿を裏切ったあの人たちの顔など二度と見とうないし、もう口も利きたくありません」

薊が珍しく感情的なので、色四郎はふわっとした笑みになり、

「薊様はすっかり大石贔屓になられたのですね。と申すより、ここまでやってこられて情が移られたか」

薊は内心の動揺を悟られまいと、無表情を装い、

「そうかも知れません。今はこの国の誰しもが赤穂贔屓ではありませぬか、色四郎」

「はい、猫も杓子《しやくし》もでございますよ。赤穂の方々は善で、お上や吉良方は悪という図式になっております。困ったものです」

「なぜ困るのです。それでよいではございませぬか」

菊丸が抗議するように色四郎に言った。

「いやいや、上に立ってものを見るとあまり喜ばしいことではあるまい。赤穂という火種を抱えているのだから、それがいつ爆発するか、人心は絶えず落ち着かないのだよ」

「いいえ、物見高い町の人たちを止めることはできませんよ。お上の裁きが悪かったのは誰もがわかっているのですから」

菊丸が食い下がる。

色四郎は言い争う気はなく、曖昧な笑みのまま、菊丸の額を指先で小突いた。

「薊様、どうなされますか」

萩丸が指示を仰いだ。

薊は無言で萩丸を見て、うなずいた。

十三

里村幽山とは仮の名で、実名は別にあり、彼の正体は万鬼斎に雇われた流れ忍びなのである。

忍びでいながら彼は弁が立ち、言葉巧みなのでそこを万鬼斎に見込まれ、赤穂浪士の脱落を担わされた。

そこで幽山は茶人を装い、三条の南、西洞院にもっともらしい居を構えた上で、三月前より精力的に活動を開始した。

京都に隠棲する浪士の住まいを万鬼斎から教えられ、その浪士本人ではなく、家族に接触して内部からのつき崩しを狙った。つまり赤穂浪士の弱点を衝いたのである。

百三十人いた血盟の士たちが半数近くに激減したのは、すべて幽山の仕業というわけではなかった。いつ決起するやも知れぬ仇討にしびれを切らせ、強い意志を貫けず、自発的に脱落して行く輩もかなりいた。

幽山がつき崩しに当たったのは、この三月の間でまだ十人に満たない。しかしそれらのすべてが幽山から不安と動揺を与えられて翻意したのだから、やはり彼を見込んだ万鬼斎の狙いは確かなものなのである。

時折、影にて姿を見せながら、万鬼斎は幽山を褒《ほ》め称《たた》え、さらなる浪士の結束の崩壊をうながしたものだ。

幽山が今、取り組んでいるのは西京極大路《にしきょうごくおおじ》の陋屋《ろうおく》に住む多川九左衛門《たがわくざえもん》である。赤穂の時は持筒頭四百石を賜り、五十五歳という老齢ながら、同志のなかでは急進派に属する男であった。硬骨漢なのである。

多川は早くに妻を亡くし、桐葉《きりは》という娘と二人暮らしをしていた。

桐葉はもう三十に近いのだが、一度も縁づいたことはなかった。それは彼女の器量に問題があり、救いようのない醜女《しこめ》だからなのである。顔が大きく、えらが張って、目は糸のように細く、鼻は団子鼻《だんごっぱな》だ。唇は分厚く、首が太く、背丈があって男と変わらない。

しかし桐葉の気立てはよく、あくまで心やさしく、どんな逆境にもめげずに父に仕えてけなげに生きている。

多川の目から見れば、そんな娘が愛《いと》おしくてならない。

その桐葉の様子が近頃変なので、多川は気をつけて見守っていた。

不破や武林らに呼び出されたり、大石の四条河原町の仮寓に行ったり、他の浪士たちとも頻繁に会って、多川は留守にすることが多い。時には大坂へ行くこともあり、そんな時は桐葉は陋屋に一人でいる。

つい数日前も大坂から帰って来て、その時出迎えた桐葉の様子を見て、多川は思わず息を呑んだ。

醜女なりにどこか妙な生気がみなぎり、その日の桐葉は生き生きとして見えたのだ。

これは今までになかったことで、それまでの彼女は口数も少なく、つつましやかで、自信なげに暮らしていた。

そういう女の変化は、いかに多川が武骨な硬骨漢でもさすがにわかるもので、考えられることはひとつしかなかった。

男である。

それが桐葉に見合ったよき男であるなら、多川としては何も文句を言うつもりはない。彼は近い将来には桐葉と義絶し、討入りに参加せねばならぬ身なのだ。彼女を残して討入りに行くことだけが心に重くのしかかり、いつも胸塞がれる思いでいる。しかし娘のために討入りを断念することはできない。よき男が桐葉の面倒を見てくれるのなら、それに越したことはなく、願ったりなのだ。

親子の間で討入りの話が出たことは一度もなく、二人ともそのことに触れないようにしている。だが桐葉とて馬鹿ではないから、赤穂藩が改易となり、こうして京の都に隠れ住むように暮らしているのはなんのためか、聞くまでもないのである。

父との訣《わか》れも、どこかで予感しているはずなのだ。

ある夕べに、多川は桐葉を前に座らせて率直に聞いてみた。

「桐葉、よき男ができたのではないのか。近頃のおまえの様子を見ていて、なんとのうそんな感がするぞ。どうだ、話してみなさい」

表情をやわらげたつもりでも、多川の顔は謹厳さが刻み込まれている。咎められる、叱られると思ったのか、桐葉はひたすら否定し、父との会話を打ち切って慌てたように台所へ去った。

その横顔についぞない恥じらいを見て、多川は益々もって確信を得た。

そして次の日に外出する桐葉を尾行してみた。そんなことはしたくなかったが、もし相手が悪い男だったら看過《かんか》できないと思ったのだ。

そうして桐葉の姿は三条の南、西洞院の幽山の家へ消えたのである。

そこがどんな家なのか、多川は早速近所に聞いて廻った。茶人と聞いて少し安堵し、幽山の人となりも尋ねた。悪く言う者はいなかった。

一刻《いっとき》（二時間）ほどして桐葉が出て来て、物陰からその表情を盗み見た多川はさらに安堵を深めた。娘は幸せそうな顔をしていた。幽山という男とうまくいっているのだ。

西京極の家へ帰って行く桐葉を見送り、多川は勇を鼓《こ》して、幽山に直《じか》に面接してみようと思った。

気がつけばうす暗い夕闇が、いつしか夜の帳《とばり》に変わろうとしていた。

幽山の家へ近づきかけていると、前後から往来の人が何人かやって来た。

多川はとっさにまずいような気がして、家の前をそそくさと通り過ぎ、角を曲がって裏手へ向かった。柴垣をめぐらせた幽山の家の裏門が見えてくる。

だがそこでまた、彼は身を潜めることになった。

黒っぽい小袖を着た武家娘が三人、張りつめたような目で音もなく現れ、迷わず幽山の家の裏門から入って行ったのだ。

薊、萩丸、菊丸である。

薊たちは動き易くするため、着物の裾を短めに着付けており、そのいでたちは尋常ではなく、多川は不審な思いにとらわれた。

あれは戦さ場において、後方支援をする時のような女子《おなご》の身装ではないか。しかも三人とも小太刀《こだち》を携えている。

捨ておけない気分になり、多川は娘たちのあとからそっと裏門へ忍び入った。

十四

いきなり踏み込んで来た娘三人に白刃を突きつけられ、幽山は仰天した。桐葉との情交を終えたばかりで、幽山は布団に腹這いで煙草《たばこ》を吸っていた。相手が醜女だからまずいものでも食べたあとのような、うんざりした気分を味わされていたところだった。

多川九左衛門を翻意させるには桐葉が恰好《かっこう》の餌だから、それで近づいたのだが、何度か会ううちに娘を籠絡するのが一番の近道と思い、目を瞑《つぶ》って手をつけてしまった。そうなると桐葉はすっかりのぼせ上がってしまい、幽山に一途《いちず》な情熱を注ぐようになった。

幽山にとっては迷惑な話なのだが、血迷っている桐葉にはそれがわからない。

情交を重ねるなかで、それとなく赤穂浪士の父親のことを聞き出し、仇討に希みがないことをわからせようとした。だが仇討に関しては桐葉は頑《かたくな》で、父のやることに口出しはしたくない、いずれ今生の訣れがくるのは覚悟していると繰り返すばかりで、幽山の思いは多川には伝わりそうもなかった。さすがに筋金入りの赤穂浪士の娘なのである。

それでしだいに手に余るような気がしてきて、幽山は多川親子をどうしたものかと思案しているところだったのだ。

「何者だ、おまえたちは」

白刃に怯えるふりをしながら、幽山の目は辺りにさり気なく走っている。

「おまえは万鬼斎に雇われし忍びであるな」

薊に決めつけられても、幽山は惚《とぼ》け通す腹で顔色ひとつ変えず、

「ば、万鬼斎だと？　なんだね、それは。見ればわかるじゃないか。わたしは一介の茶人だよ」

「一介の茶人が何ゆえに赤穂浪士のつき崩しを計る。万鬼斎の陰謀に相違あるまい」

「いったいなんの話をしているのやら……」

困惑の体《てい》を装いながら、幽山はやおら火鉢から火箸を抜き取り、薊に向かって投げた。

薊の小太刀がすばやくそれをはね飛ばす。

同時に萩丸と菊丸が二人して躍りかかり、幽山を締めつけ、白刃を喉に突きつけ

た。

「悪あがきはよせ」

萩丸の言葉に、幽山は観念して、

「わかった、何もせぬ、放せ」

薊が目で萩丸たちにうながす。

二人は幽山を突き放し、薊がぐっとそのそばに寄って間近で睨み、

「さあ、何もかも話すがよい」

「な、何もかもと言われても……確かに万鬼斎殿に頼まれ、赤穂浪士の攪乱《かくらん》を行った。それのどこが悪いか」

「浪士方の何人を翻意させた」

「七人、いや、八人かな……わたしばかりが悪いのではないぞ。翻意したということは、浪士たちの意志もぐらついていた証拠ではないか。この太平の世に仇討をしようなどというのが、土台間違っているのだ」

「黙れ」

薊が平手で幽山の頬を打った。

幽山が口を開けておののき、

「乱暴はしないでくれ」

「では今は浪士方の誰を狙っている」

「西京極大路に住む多川九左衛門という男だよ。赤穂では持筒頭と聞いた」

「翻意させたのか」

「それが……」

「どうした」

「娘を籠絡して父親に働きかけようとしているのだが、なかなかうまくゆかぬ。娘が話を通してくれぬのだ。それでもたついている」

幽山はにやっと醜悪な笑みになると、

「その娘というのがふた目と見られぬ醜女でのう、わたしは我慢して抱いてやっているのだが、もう辟易《へきえき》としている。いい加減にうんざりなのだよ」

勝手な言い様に、薊たちが不快な顔を見交わし合った。

その時、パッと襖《ふすま》が開き、多川がズカズカと踏み入って来た。その顔は怒りで真っ赤に膨れ上がり、それがいきなり抜刀するや、問答無用に幽山を唐竹割《からたけわ》りにぶった斬った。

「があっ」

絶叫を上げた幽山が悶絶《もんぜつ》して果てた。

多川は返す刀を構え、薊たちを睨むと、

「その方たちは何者であるか」

薊たちは警戒の目で退き、相手が気骨ありげな武士なのでその場に膝を折って、

「まずその前にお手前様のお名を」

「今の話に出ていた多川九左衛門だ。醜女の娘の父親じゃよ」

自虐的な言い方をしたあと、多川は血刀を拭って鞘《さや》に納め、ガクッと膝を突いた。

三人は恐懼《きょうく》して頭《こうべ》を垂れ、

「われらは甲陽流忍法の忍びにございます」

薊が言った。

「何、甲斐武田の流れを汲む者たちか」

「はい」

「それが、ここで何をしている」

「さる御方から頼まれ、大石内蔵助殿を護っております。それがわれらの役目なのです」

「そのさる御方とは」

「それはご容赦下さりませ」

「ふむ、相わかった。そういうことか……」

そう言い、多川は悩みを抱え込んだ表情になり、押し黙った。彼にとっては薊たちの正体などどうでもよく、恐らく桐葉の行く末を案じているものと思える。

「娘さんのことで、お悩みなのですね」

遠慮がちに薊が言った。

「わかるか」

薊が無言でうなずく。

多川は深い溜息をつくと、

「娘はの、目のなかに入れても痛くないほどに可愛い……されどわしには仇討という使命がある。亡君の怨み晴らさねばわが身は立ち行かぬ……と申して……ああっ、これはどうしたものか……」

苦渋を滲《にじ》ませ、多川が懊悩《おうのう》する。

薊がヒタッと多川を見据え、

「多川様、ここは義理を捨てるべきでは」

「討入りを断念しろと申すのか」

「大石殿はこのようなことに理解深き御方と聞き及びます」

多川が烈しく動揺して、

「そ、それはできぬ、血盟の同志たちに顔向けが」

「娘さんのためです」

「桐葉のため……」

多川が愕然とうなだれた。

「多川様が討入りに参られたなら、娘さんはまたこのような男の餌食に……たった一人の娘さんのこの先を考えて上げて下さい。娘さんに心を残したままで、仇討本懐が遂げられますか。また、多川様が後ろ髪引かれる思いで仇討に参加なされても、大石殿は喜ばれますまい」

「……」

「どうか、わたくしからお願い致します」

薊が叩頭した。

「このわしが、武士の風上にも置けぬ男にされてもよいと申すのか」

「それだけのお気持ちをお持ちなら、忠義の士に変わりはございますまい。いったい誰が多川様を責めましょうか」

「……」

「多川様、ご決断を」

多川は何も言わずにふらっと立ち、蹌踉《そうろう》とした足取りで戸口へ向かいながら、

「その方たちのことは深く胸に留め置く。未来永劫《みらいえいごう》忘れぬぞ」

そこでふり返り、三人へ向かって深々と頭を下げると、

「ご家老を、いや、同志の方々を確と護ってくれよ」

サッと立ち去った。

無言で見交わし合うなかに、薊たちの表情には少なからぬ安堵が浮かんでいた。

十五

その夜、鶴姫は寝つかれぬまま床から起き出し、近習《きんじゅう》の者に言って簡単な酒肴《しゅこう》の膳を整えさせ、ひとりちびちびと酒を舐《な》めていた。

苛立つことばかりで、それで気が尖って安眠できないのである。

そこは聖護院《しょうごいん》にある紀州家の京屋敷で、京都に来てからというもの、鶴姫はずっとこの寝所に鬱々《うつうつ》と籠もっていた。

赤穂浪士の不穏な動きは一向に止まらず、このままだと本当に仇討が成就《じょうじゅ》してしまう。そうなった時、父の綱吉がどう裁くのか。仇討天晴れと認めてしまえば、そもそもの浅野と吉良の裁き方についての議論がまた再燃され、幕府は極めて不利な立場に立たされる。そうなれば将軍家の屋台骨は大いに揺らぐことになり、事は仇討だけでは済まず、綱吉の執政そのものにも疑義が差し挟まれ、将軍としての能力まで問われることになりかねないのだ。ゆえに赤穂浪士の仇討はなんとしてでも阻止せねばならない。

浅野を即刻切腹させ、吉良にはお咎めなしという裁決を初めに聞いた時、鶴姫はすでに危惧を抱いていた。それでは収まらないのではないかと、とっさにそう思ったのだ。

案の定、浅野刃傷から今日までの一年半近く、落ち着かぬ日々がつづいている。二十六歳の鶴姫は冷静に物事の読める女だから、こたびの件は幕府と赤穂のどちらに軍配が上がるか、それもよくわかっていた。

父は裁きを間違えたのである。

しかし今はそれを論じているよりも、何がなんでも赤穂浪士の動きを止めねばならぬのだ。たとえ浪士どもを皆殺しにしてでもだ。

（うぬっ、どうすれば……）

盃を嚙み砕かんばかりの思いで酒を飲むうち、ふっと背後に何者かの気配を感じ、鶴姫はおののいてふり向いた。

いつ忍び入ったのか、そこに黒子のような姿で万鬼斎が平伏していた。頭から黒《くろ》頭巾《ずきん》を被り、やはり面体《めんてい》をわからなくしている。

「万鬼斎」

「ははっ」

「どうじゃ、赤穂の動きは」

「大石は京の都を発つようでございます」

「江戸へ下ると申すか」

「御意」

「では、ではやはり仇討を」

「はっ。手下の者に別の働きをさせ、浪士のつき崩しを計りましたが、それも例のくノ一どもに封じられました」

「なんとするつもりじゃ、万鬼斎」

「こうなれば、江戸で決着をつけるしか道はございますまい」

「………」

鶴姫はそのまま押し黙り、暗い情念を滲ませ、凝然と考え込んだ。

第三章　元禄十五年・秋

一

鰯雲《いわしぐも》の間から降り注ぐ陽光が、朽葉色《くちばいろ》に染められた箱根の連山を照らしていた。その山塊《さんかい》はゆるやかな弧線を描き、たおやかに平野を抱いている。

そこは箱根七湯の一つの塔《とう》の沢《さわ》で、本陣や湯宿の賑わいから遠く離れた所に、屋根に石を置いた古びた地蔵堂があった。窓は塞がれ、表戸も板を打ちつけて人が入れないようにしてある。廃屋同然の佇《たたず》まいだ。

そこへ——。

急峻《きゅうしゅん》な山道を息ひとつ乱さず、中年の二人の男が駆け登って来た。身装《みなり》は山嶽《さんがく》に棲《す》む樵夫《きこり》のようだが、それにしては二人とも眼光が尋常ではなく、身のこなしは軽業師のように卓越している。

二人は地蔵堂の前へ来て歩を止め、一人が梟《ふくろう》の鳴き真似をした。するとなかから軋《きし》んだ音を立て、戸が半分だけ開いた。打ちつけられた戸はとうに壊されていて、出入りは自在なのだ。

二人がなかへ入ると、昼尚暗いそこは暗黒で、裸蠟燭《はだかろうそく》が一本、妖《あや》しげに燃えていた。

すでにそこにいた三人の男たちが、無言で二人を迎える。

首魁《しゆかい》は板敷のど真ん中にあぐらをかいて陣取っており、二人がその前にすり寄って額《ぬか》づいた。

むろん、五人が万鬼斎に雇われた忍びであることは言うまでもない。

五人の首魁は九頭龍《くずりゆう》なる上忍で、他の四人は陽炎《かげろう》、虎竹《とらたけ》、耳助《みみすけ》、蟬市《せみいち》という名の下忍たちである。全員が脛《すね》に黒の脚絆《きやはん》を巻きつけていた。

「首尾を聞こう」

そう切り出した九頭龍もやはり中年で、容貌魁偉《ようぼうかいい》であり、肉厚な巨体に威圧感があってその声はあくまで低く、ドスが利いている。

二人のうちの一人、小柄で鼠《ねずみ》によく似た顔つきの陽炎が身を乗り出し、

「十月七日に京を発った大石内蔵助は、五人の同志をしたがえ、身分を隠し、目立たぬ装いにて東海道を下って参りましたが、昨日ようやく箱根へと入りました」

「ふむ」

もう一人の、獰猛《どうもう》な猪《いのしし》のような虎竹が陽炎のあとを継いで、

「まず大石は箱根権現《ごんげん》で祈願をし、さらに曾我《そが》兄弟の墓参も神妙に致しおりました」

日本三大仇討《あだうち》のひとつとされる曾我兄弟の仇討は、この頃より五百九年前の鎌倉時代、建久《けんきゅう》四年（一一九三）のことで、曾我十郎祐成《じゅうろうすけなり》二十二歳、五郎時致《ごろうときむね》二十歳が、富士の裾野にて、父河津三郎祐泰《かわづさぶろうすけやす》の仇《かたき》工藤左衛門尉祐経《くどうさえもんのじょうすけつね》を討ち取ったものだ。

また陽炎が言う大石にしたがった五人の同志とは、潮田又之丞三十四歳、近松勘六《ちかまつかんろく》三十四歳、菅谷半之丞《すがやはんのじょう》四十三歳、早水藤左衛門《はやみとうざえもん》四十五歳、三村次郎左衛門《みのむらじろうざえもん》三十七歳のことである。

この頃になると、関西方面にいた赤穂の浪士たちはこぞって東下《あずまくだ》りを始めており、仇討が近いことを沸々《ふつふつ》と匂わせていた。不破数右衛門、武林唯七の二人も、大石らの一行と相前後して、街道のどこかにいるはずなのだ。

　九頭龍がせせら笑って、

「大石は箱根権現に詣《もう》でて祈願をし、曾我兄弟の仇討成就《じょうじゅ》にあやかろうというわけか。ふん、泪《なみだ》ぐましいのう」

　四人がひそかに追従《ついしょう》笑いを漏らす。

「では参るぞ。箱根の山中にて、われら黒脛巾組《くろはばきぐみ》が一行の一人一人に襲いかかり、闇討致すのだ」

　そう下知《げち》した九頭龍が、不意に奇怪な表情になり、そっと男たちの動きを手で制して疑惑の目で見廻した。

「妙ではないか……」

　おのれ以外の頭数を数えると、五人いるのだ。

「一人多いが、これはどうしたことだ」

　男たちがギョッとなって見交わし合い、やがて末席にいる一人に視線が集まった。

　その男は他の者たちとおなじような樵夫姿で、面を伏せている。

「おい、おまえは誰だ」

「……」

　樵夫が不敵とも思える笑みを湛《たた》えながら面を上げた。それは鍋墨《なべずみ》で顔を汚した萩丸である。

彼女は薊や菊丸とは別行動を取っていて、山裾で一味を見つけてここまで追って来て、地蔵堂に紛れ込んだものだ。それで密談はすべて耳に入れた。

「おのれ、その方いつからそこに」

九頭龍が怒号を発するより早く、萩丸は板壁に向かって突進し、体当たりをした。朽ちた壁が脆《もろ》くも崩れてぶち抜かれる。

しかし男たちの動きも速かった。一斉に忍び刀を抜いて萩丸を追う。

表へ転げ出た萩丸は一気に山道を下り始めた。

それを男たちが牙《きば》を剝いて追いまくる。

萩丸の背や肩先に、背後から伸びた刃が兇暴に閃《ひらめ》き、唸った。

もんどりうってとんぼ返りをし、萩丸がひたすら逃げる。

だが大木の並ぶ所で追い詰められた。

木を背にし、萩丸が忍び刀を抜いて身構えた。

九頭龍と四人が悪鬼の形相で迫る。

間髪を容れず、四方から忍び刀が襲った。

萩丸が必死で応戦する。

白刃と白刃が烈しく闘わされた。

忍び刀が萩丸の手から弾《はじ》き飛ばされ、宙に飛んだ。

徒手空拳《としゅくうけん》となった萩丸が後ずさる。もはや勝ち目はなかった。どんな時であれ、死の覚悟はできていた。たとえくノ一一匹死んだとて、大地は泣いてくれないのだ。

その時、カサッと枯葉を踏む音がした。

九頭龍以下が鋭くそっちを見た。

深編笠《ふかあみがさ》の武士が二人、油断なく近づいて来た。

通りすがりに山中を踏査していた模様で、その二人が萩丸を見て、少なからぬ反応を示した。明らかに見知った様子だ。

　武士たちが笠を取った。それは不破数右衛門と武林唯七であった。

萩丸が小さくあっと叫んだ。

不破はその萩丸へ目顔でうなずいておき、

「貴様ら、いずこの忍びだ」

九頭龍へ問うた。

何も答えぬ九頭龍に、陽炎が囁《ささや》く。

「こ奴ら、赤穂浪士にございます」

「うぬっ」

九頭龍がたちまち殺気を迸《ほとばし》らせ、不破と武林に凄まじい勢いで斬りつけた。陽炎たちも入り乱れて襲いかかる。

不破と武林は抜く手も見せずに抜刀し、果敢にも一味のなかへ斬り込んだ。

隊列が崩され、蟬市が腕に怪我をして血飛沫《ちしぶき》が飛んだ。

「おのれ、くそう」

九頭龍が切歯し、四人をうながしてすばやく消え去った。

「大事ないか」

不破が萩丸をいたわった。

「はい」

萩丸は答えて感謝の目を伏せ、彼らへのなつかしさで思わず泪が出そうになった。

二

小田原の城下で、萩丸は蓟、菊丸と合流した。

そこは城下外れの祠《ほこら》のなかで、日はすでに落ちかけ、辺りには夕霧がたちこめていた。

黒脛巾組の五人に襲われ、危ういところを不破と武林に助けられた話をすると、たちまち薊たちの目が輝いた。

「お二人とも、息災でしたか」

まず薊が問うと、萩丸は喜色で首肯《しゅこう》し、

「不破様も武林様も相変わらずのご様子でした。大石殿ご一行といずこかで合流し、これより鎌倉へ向かうと申されておりました」

「鎌倉へ？」

萩丸がうなずき、

「鎌倉は雪ノ下《ゆきのした》と申す所に三泊し、さらに川崎宿《かわさきじゅく》へ向かい、そこに数日留まることも不破殿は打ち明けて下さいました」

「仇討の日取りはもう決まっているのでしょうか」

菊丸が聞くのへ、薊はジッと思慮深い目になって、

「いえ、恐らくそれはまだ……吉良方も警戒しておりましょうし、そう易々《やすやす》とは。されど浪士の方々が続々と江戸に集結するのなら、近々仇討は決行されるやも知れませんね」

「そうなりまするといよいよですね、薊様」

菊丸が声を弾ませ、

「仇討にはわれらも参加させて頂きたいほどの気持ちでございます」

薊は苦笑を覚えつつも、

「菊丸、わきまえなくてはいけませんよ。われらの本分はあくまで陰にて大石殿を護《まも》ること、そして仇討がつつがなく行われることです」

「はい、それはよく」

仇討参加を止められたので、菊丸は小さく口を尖らせた。

「薊様、黒脛巾組とはどのような忍びなのですか」

萩丸の問いに、薊が答えて、

「黒脛巾組は、かつての仙台藩《せんだいはん》の藩祖、伊達政宗《だてまさむね》公が編んだ忍び部隊のことです」

『伊達秘鑑《だてひかん》』というものの本によれば、政宗が鳥屋《とや》城主《じょうしゅ》阿部対馬守重定《あべつしまのかみしげさだ》に命じ、領内に跋扈《ばっこ》する山賊、偸盗《ちゅうとう》の類《たぐい》を捕え、そのなかから才ある者五十人を選ばせ、扶持《ふち》を与えて諜報活動をやらせたのがその始まりとされていた。そうして彼らは戦国時代に、山伏、行者などに変装して情報収集につとめ、戦場にあっては後方攪乱《かくらん》を得意にしたという。

伊達軍七千人が佐竹《さたけ》、蘆名《あしな》、石川、白河《しらかわ》、二階堂《にかいどう》ら、連合軍三万と対峙《たいじ》した天正十三年（一五八五）の人取橋《ひととりばし》の合戦では、黒脛巾組は敵陣深くに入り込み、流言をばらまいて攪乱し、伊達軍を勝利に導いたと伝えられている。七千の伊達勢が、三万の大軍に勝ったのである。それは黒脛巾組の陰の力がなかったら、到底なしえなかったことなのだ。

彼らは脛《すね》に黒の脚絆を巻きつけていたところから、黒脛巾組なる名がついたという言い伝えだ。

萩丸たちと祠をあとにしながら、薊はある思いを深くしていた。

実父である大石憎しの心に封印をし、水戸綱条からの依頼を受け入れてこうして陰にて動いてきた。それは滅私奉公のような気持ちだったが、薊が依然として矛盾を抱えていることに変わりはなく、諸情勢から大石は決して暗愚な男ではなく、優れた統轄者《とうかつしゃ》であることは認めざるをえなかった。

しかし、薊の胸の内には未だ消えぬわだかまりがあった。

それはやはり母を弄《もてあそ》んで捨てたという、許し難い大石の行動についてなのである。それを大石本人に問い糾《ただ》したい。仇討が決行される以前に大石に会い、聞いてみたいと思っている。

仕事として大石は護《まも》るが、父としての内蔵助はまだ許すつもりはなかったのだ。

三

予定通りに鎌倉雪ノ下に三泊し、そこで大石は集まった吉良方の情報を集約し、余念なく江戸の情勢を判断し、読み解いた。

さらに鎌倉をあとにして、川崎宿の旅籠《はたご》に同志たちと分宿して一泊し、十月二十六日には川崎平間村《ひらまむら》の仮寓《かぐう》に入った。

そこは同志の吉田忠左衛門《よしだちゅうざえもん》六十二歳と富森助右衛門《とみのもりすけえもん》三十三歳が、あらかじめ購入しておいた家である。

そこに大石、吉田、富森、菅谷、早水、潮田、近松、三村、中村勘助《なかむらかんすけ》四十四歳が入り、さらに夜陰に乗じて不破、武林、そして江戸から駆けつけた堀部安兵衛が加わり、その夜は賑やかに長途の労を慰め合った。

武骨な男ばかりで支度を整え、酒や料理が出たが、大事を控えて気を弛めることはできず、そんななかで堀部が一人気炎を上げた。

初めのうちこそ静かに語っていたが、仇討への熱情抑えきれず、やがて直情径行の堀部は酒の勢いもあって激昂《げっこう》し始め、口角泡《こうかくあわ》を飛ばした。

そういう堀部をなだめるのは不破の役目と決まっており、まあそう熱くなるな、落ち着け、大事はこれからぞと不破が言えば、何を言うか、これが落ち着いていられるかと堀部が反論し、火に油を注ぐ結果になったのもいつものことだった。

ここで大石は同志たちに、「訓令十カ条」を出し、指揮系統の明示や、仇討の心構えなどを徹底させようとした。

討入りの際、吉良の雑兵《ぞうひょう》は百人以上おり、同志一人で二、三人を相手にすることになるが、怯《ひる》むことなく、当方は決死の覚悟で事に臨むので勝利は間違いないと、大石は皆を鼓舞《こぶ》した。

堀部は腕が疼《うず》いてたまらぬらしく、盃を置いて足踏みならし、剣舞を舞った。白刃を抜いての剣の舞いは、勇壮なこの男によく合っていた。詩吟《しぎん》は吉田が唸った。

宴もたけなわの頃、不破と武林が大石のそばへ来て、薊たちの話をした。

くノ一三人は今もご城代を護っているのだと不破が言うと、大石は目を細めるようにして、

「一度、会うてみたきものよのう」

と言った。

「娘どもに会ってどうなされるおつもりで」

武林が野暮ったい聞き方をした。

「うむ？　いや、どうといって何も思案はないのだが、娘たちはこの半年以上に亘《わた》ってわしを護衛してくれているのであろう。会うて礼を言うもよし、あるいは慰めてやりたいような気持ちもある」

「ご城代、どうせ娘たちはつかず離れず近くにおりましょう。探し出してお引き合わせ致しましょうか」

不破が言うと、大石は慌てたように手をふり、

「いやいや、それはまずい。それはよくないぞ」

「はっ？　何ゆえに」

大石は微苦笑を浮かべ、

「陰の存在の者たちとは正面きって会わぬ方がよかろうて。向こうもそれは希《のぞ》んではおるまい。面食らうからの。それに……」

「いかがなされました」

「何やら気恥ずかしいではないか」

「はあ」

不破は解《げ》せぬ顔だ。

「そのうちな、あれがあの娘たちよと、そっと教えてくれればそれでよい。陰から覗き見て、なるほどそうかと。さすれば得心が参ると申すもの」

「ご城代、以前、その昔にくノ一と交わったことがあると申されましたな」

不破の言葉に、大石は少なからず動揺したようで、

「そんなことを申したかな」

惚《とぼ》け顔になった。

「いいや、確《しか》とこの耳で聞きましたぞ。今宵《こよい》こそその話をお聞かせ下され」

「おお、それがしも聞きたいものだ」

武林も身を乗り出した。

向こうでは剣舞を終えた堀部が、同志たちとさらに熱く語り合っていた。

大石は困った様子で、目をうろつかせ、

「うむ……」

唸るばかりだ。

「それはいつのことですかな、ご家老」

武林が水を向けると、大石はふっと追憶の目になって、

「あれからもう二十年近くになるか……」

ひとりごちた。

武林が指折り数えて、

「二十年近くと申さば、ご家老が奥方を娶《めと》られた頃ではございませぬか」

「いや、くノ一の琴音《ことね》と知り合うたのは、理玖と祝言《しゅうげん》を挙げる二年前のことであった……」

大石内蔵助は万治《まんじ》二年（一六五九）、播州赤穂の生まれで、先祖は平安時代から．つづいている由緒ある家柄であった。旧《ふる》くは近江の守護佐々木氏に仕え、繁栄していたのだが、応仁《おうにん》の乱（一四六七）で滅ぼされたり、復興しても今度は織田信長《おだのぶなが》に断絶させられたりし、有為転変《ういてんぺん》を繰り返してきた。

それが先々代の大石良勝《よしかつ》が、常陸国笠間《ひたちのくにかさま》の城主浅野采女《うねめ》に仕えることとなり、そこで禄三百石を賜《たまわ》った。良勝は大坂冬の陣、夏の陣に従軍して戦功を挙げ、浅野家の家老に抜擢《ばってき》され、千五百石の禄を食《は》むに至った。良勝の代で、浅野家と大石家はただの君臣以上の深い関係になったのだ。やがて主君の国替えがあり、笠間から播州赤穂へと移ってきた。

この良勝こそが大石の曾祖父であり、その嫡子良欽の息子が良昭《よしあき》となる。良昭は備前岡山藩池田家《びぜんおかやまはんいけだけ》の家老の娘を妻に迎え、その間にできた嫡男が大石内蔵助良雄《よしお》なのである。

大石が十五歳の時に父良昭が他界し、次いでその四年後に祖父良欽も没した。そこで孫の大石が家督を継ぎ、内蔵助の名を襲い、これを機に良雄を祖父とおなじ「よしたか」と呼ばせるようになった。内蔵助と称するのは三代目になる。もっとも当時は、祖父から孫へ家督を譲ることは認められておらず、内蔵助は良欽の養子という体裁をとっている。

そして大石は、二十一歳で赤穂藩国家老上席となり、二十八歳の時、但馬国豊岡《たじまのくにとよおか》藩京極家《はんきょうごくけ》の家老石束源五兵衛の娘理玖を娶《めと》り、三男二女をもうけた。

その後、仇討の覚悟をつけた大石は長子の主税のみを残し、妻子とはこの春に山科にて離別している。

大石は理玖に仇討の件は一度も打ち明けなかったが、彼女の方はわかっていたらしく、突然の離縁を言いだされても何も言わず、実家の石束家へ帰って行った。

四

不破と武林を前にして、大石が告白を始めた。

大石が二十八歳といえば貞享《じょうきょう》元年（一六八四）であるが、その頃、播州から備前にかけて鵤《いかるが》一味と称する盗賊が跋扈《ばっこ》し、近隣諸藩を悩ませていた。家々に押込んでの皆殺し、付け火を平然とやってのけ、鬼畜外道《げどう》の集団として怖れられていたのだ。

赤穂藩からは大石が捕物出役《とりものしゅつやく》となり、捕縛の指揮に当たることになった。

だが鵤一味は強《したた》かで、探索の裏を掻くかと思えば、急襲に打って出たりして、捕物陣を翻弄《ほんろう》した。

その頃の大石は家老とはいえまだ若年で、剣は讃岐高松《さぬきたかまつ》の剣客、奥村権左衛門《おくむらごんざえもん》について修行していた。しかし免許を得たのは八年後のことだから、この頃はまだ些《いささ》か覚束《おぼつか》ない腕前であったと思われる。

そういう自信のない輩《やから》に限って敵に遭遇するもので、ある夜、単身で探索していた大石は、図らずも一味の隠れ宿を見つけてしまったのである。

供もなく、引き返すわけにもゆかず、判断に迷っているところを敵に発見され、取り囲まれた。

やむなく抜刀したものの、大石には実戦経験がなく、腕に覚えもない。四方から兇刃に斬り立てられ、後退するばかりで、おのれの命運もこれまでかと、情けなくも覚悟をつけた。

その時である。

しなやかな黒い影が飛鳥《ひちょう》の如く現れ、大石を庇《かば》って白刃を抜き放ち、騎虎《きこ》の勢いで殺戮《さつりく》を始めたのである。

日頃は茫洋《ぼうよう》として、昼行燈《ひるあんどん》などと陰で呼ばれていた大石らしく、呆気《あっけ》にとられたように影の闘いぶりを見ていた。

よく見ればその影は黒髪美しき若き娘で、それが阿修羅《あしゅら》となって闘う様は、大石を感動させたものだ。

そうして五人ほどを一気に斬り伏せ、女は大石の手を引いて逃走したのである。

「して、どうなりましたか」

武林が固唾《かたず》を呑むようにして聞いた。

「どこまでも逃げたよ。娘はずっと手を放さなかった、わしも放して欲しくなかった。たがいに殺戮を乗り越え、なぜか心がひとつになっていたのだな」

大石が述懐する。

不破と武林は答えようのない顔で見交わした。

さらに大石がつづけて、

「わしも若かったが、娘も若かった。多くの言葉はいらなかった。つまりそのう、なんと申したらよいのか、恥ずかしながら、情熱に任せてわしらは情を交わしてしもうたのだ」

暫《しば》しの沈黙の後、不破が口を切った。

「その娘がくノ一だったのでござるか、ご城代」

大石がうなずき、

「ごくふつうの娘であったがの、信玄公の流れを汲む甲斐の上忍と聞いた。その名を琴音と申す。よき名であろう」

二人は何も言わない。

「それから三月、わしは琴音に打ち込んだ。刹那的《せつなてき》といわれようがなんと言われようが、その時のわしは何も考えなかった」

大石は溜息をひとつ吐《つ》き、

「琴音との蜜月は夢のようであったが、それは所詮《しょせん》は徒花《あだばな》であった。実を結ばぬ花よ。いや、われらは元より結ばれてはならぬ縁《えにし》だったのだ」

不破と武林が聞き入る。

「そうしてある日突然、琴音は姿を消した。忍びの仕事で播州に来ていたのであろうが、その役目を終えたものと思える。琴音はそういうことは一切語らなかった。わしとのことはゆきずりの戯《たわむ》れだったのやも知れぬ」

そう言ったあと、大石は真顔を一点に据えて、

「いやいや、あれは戯れなどではない。断じてそんなことはないぞ。束の間であれ、わしと琴音は真剣だった。二人に末の約束はなかったが、熱き今があった。若いうちはそれだけで十分に燃え上がるものだ。後先を考えぬからな」

「その後、音信は」

武林が問うた。

「それっきりだ。ゆえにわしの心にはいつまでも琴音が残っている。花火のようなはかなさだったが、それがまたなんとも切なくてのう、今になると琴音恋しさで胸が締めつけられるような時があるぞ。今頃はどこでどうしているものか……」

大石は過ぎし昔をなつかしむ目だ。

不破と武林は沈黙したままだ。

「もうよかろう、その話は終わりだ」

大石にうながされ、二人は再び盃を手にした。

そして酒を酌《く》み交《か》わしながら、不破が大石を気遣いつつ、武林に囁いた。

「おい、気づいたか」

「薊たちのことであろう」

武林が目を光らせて言った。

「そうだ。あ奴らも甲斐の忍び、琴音と申す女性《にょしょう》とおなじ里の出なのだ。これはいったいどういうことなのか……」

「何やら因縁《いんねん》めいたものを感じるな」

「ああ」

不破が胸にひっかかるものを覚えながら、深くうなずいた。

そのうち、潮田、近松が抑えた声で男泣きを始め、皆でそれを慰めにかかった。時に浪士たちがこうして泪を見せるのは珍しいことではなく、そのわけは亡君の無念や、お上の裁きへの理不尽を思うにつけ、慄《こら》えきれなくなり、感極まって愁嘆《しゅうたん》するのである。

武林も席を立ってそっちへ行き、堀部と共に潮田たちの嘆きを聞いてやっている。

大石は一人盃を傾けていたが、不意にその手を止め、眼光を鋭くし、不破に「おい」と低い声で言った。

大石の只ならぬ様子に不破は鋭く視線を走らせ、異変を知った。

五

パチ、パチ、パチ……。

導火線を速い勢いで火が走っていた。

その先は大石たちのいる仮寓の床下に伸びており、そこには地雷火《じらいか》が埋まっていた。

地雷火というものは、ひと抱えもある大きさの盤状のもので、そのなかには硝《しょう》石《せき》（硝酸カリウム）と硫黄《いおう》を基本とし、さらに樟脳《しょうのう》や松ヤニなどが混合された威力のある火薬のことだ。

火器を使っての襲撃を得意とする黒脛巾組の仕業である。

導火線の火が床下に近づいたところで、突如、炎が掻き消された。どこからか手裏剣が投げられ、導火線を切断したのだ。

茂みから覗いていた耳助と蟬市が、あっとなった。

その前に、闇の上空から落下して来た薊と萩丸が着地して立った。

とっさに身をひるがえす耳助たちに、二人が躍りかかった。

薊の忍び刀が閃き、蟬市の背から斬り裂いた。

「ぐわっ」

蟬市が叫んでもんどりうった。

逃げる耳助を、萩丸が猛然と追って行く。

薊はそこに残り、蟬市の躰を仰向かせ、白刃で留《と》めを刺した。

蟬市が蝦反《えびぞ》りになって絶命する。

そこへ不破が静かに近づいて来た。

「またも助けられたな、薊」

薊は血刀を拭ってその場に畏《かしこ》まり、

「これは、不破様。危ないところでございました」

「重ね重ね、礼を申すぞ」

「いえ、すべては仇討本懐のためにございますれば」

「そう思うてくれているのか」

「はい」

「ここに現れたのは二人だが、あとの一人はどうした。確か菊丸と申したな」

「この近くに」

「どこだ」

「忍びにそれを聞きまするか」

「教えろ」

薊が苦笑する。

「逆らえませんね、不破様には」

「よいから明かせ。あるいはつなぎをつける必要が生じるやも知れぬ。忍びだからと申して、そうなんでもかんでも秘密にするな」

不破は目許に笑みを含ませている。

薊が素直な気持ちになってうなずき、

「おなじ平間村にある無人の百姓家を拝借しております。地蔵谷の近くです」

「そうか、わかった」

「では」

一礼して行きかける薊を、不破が呼びとめた。

「待て」

薊が見返る。

「おまえたちの仲間で、琴音と申す女忍《にょにん》を知らぬか」

「えっ……」

薊に動揺が走った。

「その者が何か？」

「歳の頃なら四十近くと思えるが、その名を聞いたことはないか」

「……」

「知っているのか」

薊は心の揺れを押し隠し、不破の目を避けるようにして、

「いえ、存じません。その者がどうかしたのですか」

「ご城代とその昔にわけありと聞いた。若き日に情を交わしたそうなのだ。おまえたちの仲間とご城代に縁があったとは、奇っ怪千万ではないか」

「……」

「おい、なぜ黙っている」

「いえ、その……おなじ里と申しましても、大勢おりますから。琴音という名は聞いたことも」

薊が苦しい言い訳をする。

不破は信じたのかどうかわからぬまま、

「そうか」

あっさり言って仮寓の方へ戻って行った。

薊はそこから動かず、凝然ともの思いに沈んでいる。

大石が琴音のことを不破に話したのだ。同志とはいえ、どうしてみだりにそういうことを他人に明かすのか。母とのことは大石の胸にしまっておいて欲しかった。それも情を交わしたことまで話すとは。大石への不信の思いが、新たにまた突き上げてきた。

心を千々《ちぢ》に乱したまま、薊はそこから立ち去った。

すると——。

少し離れた繁みの奥から、大石が姿を現した。それまでそこに潜み、薊と不破のやりとりを聞いていたのだ。

「琴音……」

愕然《がくぜん》とした様子で、大石が思わずつぶやいた。

薊は琴音に生き写しだったのだ。とても他人の娘とは思えなかった。木陰から薊を見た時、すぐに閃くものがあった。血が血を呼んだのだ。あの時、琴音は懐妊したのに違いない。それが行方をくらました理由なのか。ではあの娘は大石を父と知り、それで護っているのか。

(いや、そんなはずは……)

親子はたがいの顔を知らないのだ。

ともかく——。

(あれは琴音の産んだ娘に違いない)

もはや大石は深く確信していた。

薊と二人だけで会い、話がしたかった。しかしそれには仕掛けが必要だと思った。

六

朝からよく晴れ、遥か向こうに富士のお山が望め、西方には大山詣《おおやまもう》でで名高き大山が見えている。

川崎宿は品川宿《しながわじゅく》から六郷《ろくごう》の渡しを渡って来た旅人の群れで賑わっていた。いにしえは六郷には大橋が架かっていて、東海道四大大橋の一つとされていたが、今は船渡しになったものだ。

薊は朝飯の支度に、魚や野菜の買い出しに川崎宿へ来ていた。身装は粗衣を着て、町娘に化けている。

萩丸と菊丸は夜明け前から、黒脛巾組の探索に出ていた。

川崎の地は海が近いから海産物が豊富で、薊は魚屋の店先に立ち、目を皿にして干し魚を選び始めた。

その横に男が立った。

薊が何気なしに見ると、尾羽《おは》うちからした田舎臭い旅の中年の浪人である。携《たずさ》えた編笠もオンボロのものだ。

それは大石の変装で、まさかそれが実の父とは薊は夢にも思わない。

「江戸から来たのかね」

大石がごく自然に話しかけてきた。

薊は少しまごついて、

「あ、いえ、違います。あたしは江戸へ向かうところなんです」

町娘らしく、平易な口調にした。

「そうかね。わしの方はその逆で、たった今六郷の渡しを渡って来たのだよ」

「そうなんですか」

「どこかで飯を食いたいのだが、川崎宿がこんなに大きいとは思わなかった。それでまごついてしまってな」

「飯屋をお探しなんですか」

「そうだよ」

薊が一方を指して、

「だったら、この並びをずっと行きますと、提灯屋《ちょうちんや》の隣りに一膳飯屋《いちぜんめしや》があります。焼き魚のよい匂いがしておりました」

「有難う」

礼を言って大石が歩きだし、少し行ってまた戻って来ると、

「そのう、どうだろう」

もごもごと口籠《くちご》もった。

「はい？」

薊に問われても、大石はすぐには言い出さず、目を伏せるようにして、

「見ず知らずのあんたにこんな厚かましいことを言うのもなんだが、一緒に飯を食ってくれんかね」

「あたしとですか」

「わしはどうも町人や人足のなかに混ざって飯を食うというのが、そのう、なんだ、苦手でな。連れがいると安心して食えるんだよ。こういうのを引っ込み思案というのかな」

大石が悪戯《いたずら》っぽい目で言う。

「はあ……」

薊は困っている。

「むろん銭はわしが出すよ。朝飯がまだならつき合ってくれんかね」

無人の百姓家へ戻って朝飯を作るつもりでいたから、薊は尚もためらっている。しかし目の前の初老の武士はやさしげな人柄で、品もよく、無下に断るのが気の毒に思えてきた。

そこで頭を切り替え、浪人の申し出を承諾することにした。

飯屋の小上がりで向き合って座り、それぞれに飯を註文した。

小女《こおんな》が去ると、大石は煙管《きせる》に火をつけて紫煙をくゆらしながら、

「あんたは江戸の人なのかね」

と薊に聞いてきた。

「いえ、違います。江戸には親類がいるのでそこを頼るつもりでおります」

嘘も方便と思った。

「それじゃ、元々の在所は」

「在所ですか……」

薊が戸惑っていると、大石は柔和な笑みを浮かべて、

「いやいや、詮索するつもりはないのだが、あんたのことが気になったものだからね」

「在所は甲斐国です」

初老の武士に偽る気はしなくなっていた。

「ほう、甲斐国か……」

大石は心中ひそかにさらなる確信を得て、だが性急に事を運ぶまいと思い留まり、

「わしは垣見五郎兵衛《かきみごろべえ》という」

まずは行く先々で使う偽名を名乗った。この名は息子の主税も使っているのだ。

先乗りをして、江戸日本橋石町《にほんばしこくちよう》の公事宿《くじやど》小山屋《おやまや》に逗留《とうりゆう》している主税は、垣見左内《さない》と称していた。

やがて小女が飯を運んで来て、二人は食べることに専念した。

食べ終える大石に、薊が茶を淹《い》れてやる。

「甲斐にはふた親がいるのかね」

「ふた親ですか」

「うむ」

「……………」

「もう亡くなったのか」

「……………」

「どうした、急に黙り込んで。何か障《さわ》りがあるのかね」

「いえ、そういうわけでは……」

「だったら」

「おっ母さんは旅をしていて、その旅先であるお武家様と過ちを犯したんです」

「過ち？」

大石が眉を寄せた。

「ええ、そうです。そのあとおっ母さんは捨てられたんですから、やはり過ちなんです」

「……」

今度は大石が黙り込む番だった。

「それでおっ母さんはあたしを産んで、あたしが十の時にこの世を去りました。死ぬ何日か前にそういう話を聞かされたんです」

「……亡くなられたのか」

大石の目の奥が思わず熱くなった。

「さぞ無念だったと思います、おっ母さん」

「ではその武家の娘なんだね、あんたは」

薊が無言でうなずく。

大石は改まったように、まじまじと薊を見ている。

その目は暖かな情愛に満ち、よくぞここまで育ったものと、明らかに肉親のものになっている。それはどこにでもいる父親の姿だった。

「父親を怨んでいるのか」

大石がぼそりと言った。

「は、はい……怨んでいないと言えば嘘になります。おっ母さんを弄《もてあそ》んで一顧《いっこ》だにしない人ですから、当然だとは思いませんか、垣見様」

大石は視線をうろつかせ、

「いや、待ちなさい。弄んだかどうかはともかくとして、その武士は母御が身籠もったことを知らされなかったのではないのか」

「さあ、それは……でも今となってはどうでもいいことなんです。あたしは見たこともないその父親という人に、誠の心を感じないんですから」

「………」

薊がふっとわれに返ったようになり、

「あたしったら、初めてお会いした垣見様になんだってこんな話を……すみません、お許し下さいまし」

垣根を乗り越えたようにして話す自分が不思議だった。

「い、いや……それよりあんた、その父親に会ってみようとは思わなかったのかね。怨みは別として、どんな男か見てみようとはしなかったのか。ふつうの娘であらばそうすると思うんだが。さすれば父親の方も言い訳のひとつもできたであろうに」

「何度もそう思いましたよ。おっ母さんが可哀相で、その人に会ってなじってやりたいと今でも思っています」

「う、うむ、さもあろうな……」

「でも不思議ですね。怨む心とは反対に、どこかで未だ見ぬ父親を慕っているんです。あたし今は十八ですけど、年を重ねるごとにその気持ちが強くなってゆきます。そういうものを抱えながら生きて行くって、きっと辛いんですよね」

「あんた、名前は。そう言えばまだ聞いてなかった」

唐突に、大石が言った。

「薊と申します」

「薊か、そうか……して、母親の名は」

「どうしてそんなことまで聞くんです」

「い、いや、他意はないよ。話のゆきがかり上だ」

「母の名は琴音です」

「……」

「垣見様は何かご存知なんですか」

「何をだね」

「え、だってそのう……なんとなくそんな気がして」

「ハハハ、今日初めて会ったわしがどうしてあんたの事情を知っているのだ」

「そうですよね、失礼しました」

薊が頭を下げて、

「父親に正面切って会った方がいいでしょうか」

「そ、それはどうかな。会ってなじられるのなら、お父っつぁんも会いたくないのではないかね」

「いいえ、今はなじることよりも、まずおっ母さんの死んだことを知らせたいと思っています。その上で、過ぎ去った二人の話を改めて聞きたいものと」

「……」

「いけませんか」

大石は何かをごまかすような曖昧な笑みを浮かべ、

「いいよ、いいことだよ。つまりは長い間にあんたも成長したのだな。怨むばかりではなく、まっとうに父親を慕う気持ちを持つようになったということだ」

「そうかも知れませんね」

「あ、いかん。つい長居をしてしまった。ここいらで別れるとしようか、薊」

「はい、そうですね。あたしの方こそ勝手なお話を長々としてしまって、申し訳ありませんでした」

「いや、とんでもない」

それで二人は、右と左に別れた。

七

十一月四日の晩、大石は小部屋でひとり酒を飲んでいた。それは平間村の仮寓を引き払う前夜であった。

その夜の大石は黙々と酒を舐め、もの思いに耽《ふけ》っている。

「ご免」

声をかけ、不破数右衛門がのっそりと入室して来た。

「いよいよ明日、江戸入りでございますな」

少なからぬ緊張をみなぎらせ、不破が言った。

それに対し、大石は無言でうなずいただけである。

「ご城代はまっすぐに日本橋石町の小山屋へお入り下され。主税殿がお待ちですぞ。

それからわれらが手分けして、市中十四カ所に分かれ住んでいる同志の面々を招集致します。そこで最後の詰めを行いましょう。拠点はあくまで小山屋ということに」

「うむ、よしなに頼む」

「はっ」

そこで不破は大石の様子を訝《いぶか》り、ジッと見入って、

「どうなされました」

「うむ？」

「何やら、お顔の色が」

「……」

「ご城代」

大石は何も答えず、無理に酒を呷《あお》り、深い溜息を吐《つ》くと、

「わしは罪作りなことをした」

暗い声で言った。

不破は息を呑むようにして、

「なんと仰せられましたか」

「琴音のことだ」

「………」

「わしを護っている薊というくノ一こそ、琴音の産んだ子であった」

「薊がご城代の……」

不破は驚愕《きょうがく》するが、その前になにがしかの前兆はあった。琴音と薊がおなじ里の出と聞いた時から、胸にひっかかるものがあったのだ。

「父とは名乗らず、ゆきずりの旅の浪士として薊と話をした。薊はなぜか心を開いてくれての、わしのことを母を弄び、揚句《あげく》に捨て去った悪い父親と思っているようだ」

大石が苦笑混じりに言う。

「しかしそれにしても、よくぞ打ち明けましたな、薊が」

「あれは元の気性が素直なのであろう。わしが言うのもなんだが、心のきれいな娘と見たぞ」

「それで罪をお感じになられているのでござるか、ご城代は」

「罪と申すより、後悔だよ。琴音は懐妊し、それを隠してわしの前から姿を消した。わしの迷惑を考えてのことであろう。その後、他界したそうな」

「……」

不破が厳粛な面持ちで頭を下げ、武士の矜持《きょうじ》を見せて、

「その薊が、いや、ご城代の娘御とわかったる上は、これより薊殿とお呼び致そう。これは運命のいたずらとしか言えませぬな。父の顔をゆめゆめ知らぬ薊殿がご城代の警護につくとは、なんとも皮肉ではございませぬか」

「うむ、うむ、そうだ。皮肉な運命ぞ。それにしても、わしは……」

大石が声を詰まらせ、そこで言葉を途切れさせた。

不破は唇を引き結び、うつむきながら大石の次の言葉を待っている。

「薊に娘らしいことを何ひとつしてやれず、このまま仇討に向かうのかと思うと、まさに後ろ髪引かれる思いなのだ。しかし今さら名乗るわけにもゆかず、こうして苦しんでいるのだよ、数右衛門。わしの心中、察してくれるか」

不破はカッとした熱い目を上げ、大石を見た。そして大石の手許の酒を無断で飲み干した。

武辺一徹に生きてきたこの男にも、国に残した男子が一人おり、子を持つ親に変わりはなかった。

「ご城代、つき合いますよ。二人で飲もうではござらぬか」

「やめておけ、数右衛門。今宵のわしの酒は湿っぽいのだ」

「いや、今度はみどもの子大五郎《だいごろう》の話を聞いて下され」

「おお、聞こう聞こう。それならわしの気も紛れるというものだ」

「ハハハ、相変わらず正直な御方だ」

二人は屈託なく酒を飲み始めた。

八

薊は萩丸と菊丸を前にして、秘密を打ち明けようとしていた。

冬を思わせるような鉛色の空は暗く、無人の百姓家の庭先には柿の実がたわわに実り、それを最前から二羽の鴉《からす》が交互に舞い下りてきては啄《ついば》んでいる。周りに人家はなく、そこは取り残されたような家なのだ。

「今まで伏せていたことを、言おうと思います」

張り詰めたような薊の様子に只ならぬものを感じ、萩丸と菊丸は何事かと見交わし合った。

「実を申しますと、大石内蔵助殿はわたくしの実父なのです」

「ええっ」

菊丸が驚きの声を漏らし、とっさに萩丸を見た。

だが萩丸は慌てる様子もなく、落ち着き払っていて、

「わたくしは前々から、そんな予感がしておりました」

「まあ、それはどうして」

菊丸が問うた。

薊も萩丸を見ている。

「こたびの旅の折々、薊様の大石殿への思いがなんとのう伝わって参りました。でもわたくしの方からお尋ねするのも憚《はばか》られましたので、胸に秘めていたのです」

「そうだったのですか、萩丸」

静かな薊の声だ。

「はい」

「では、わたくしだけ気づかなかったのですね。まるで朴念仁《ぼくねんじん》ではありませぬか」

菊丸は自尊心を傷つけられて、

「お聞かせ下さいまし、薊様。何ゆえに、よりによって大石殿がご実父なのですか」

「そこまではわたくしも存知上げませぬ。蓟様、仔細《しさい》を」

「ええ」

そこで蓟は、二十年近く前に大石と母である琴音が播州で知り合って睦《むつ》み合い、蓟が生まれた経緯を詳《つまび》らかに語った。

萩丸と菊丸はすぐにはかける言葉が見つからないようで、沈黙している。

蓟がひと呼吸おいて、

「こたびのことは本当にどう解釈してよいものやら、わたくしは戸惑うやら何やら、とても悩みました。水戸殿から大石殿警護を仰せつかった時、一度は断ったのですがやむにやまれず引き受けることになったのです。大石殿は母を弄び捨てた男と思い、正直、よい感情は持っておりませんでした」

萩丸と菊丸は無言で聞いている。

「されどひとたび引き受けたる上はと、私情を殺し、警護に徹することにしたのです。その間、様々な心の葛藤《かっとう》が……」

蓟は苦しいような表情を見せて、

「それは形を変えながらも、今もつづいているのです」

「憎まれておられるのですか、大石殿を」

萩丸が遠慮がちに聞いた。

薊は言葉を選ぶようにして、

「確かに旅の初めのうちはそうでした。でも刺客の忍びたちを討ち果たしているうち、思いが変わってきたのです。大石殿に指一本触れさせてはならぬ、身命を賭《と》してでもお護りせねばと、しだいに強い心になってゆきました。仕事を全《まっと》うすることも大事ですが、どこかで実の父の大石殿を死なせてはならぬと、そう思うようになったのです」

萩丸が得たりとうなずき、

「そうですね。大石殿一人を護ればよいというのではなく、わたくしは赤穂の方々に仇討本懐を遂げさせて上げたい――今はそのように思っております」

その言葉を受け、菊丸が身を乗り出して、

「ですからわれらも仇討の助っ人を」

と言いかけたものの、それは受けつけられないといった薊と萩丸の態度に、シュンとなって言葉を引っ込めた。

その時、危険なものを察知したのか、萩丸が表情を険しくして、

「薊様、何やらキナ臭い臭いが」

薊がハッとなって五感を働かせ、二人を鋭くうながした。

床下を導火線の火が走っている。

三人は唐紙を蹴倒して次の間へ逃げ、そこから窓に突進した。だが窓は外から釘打たれて微動だにしない。ほかの窓もおなじだ。いつの間にか家中の出口は塞がれていたのだ。

「薊様」

どうしてよいかわからず、菊丸が叫んだ。

こんな時でも薊は冷静で、その目がパッと天井に注がれた。天井は高く、大きな梁《はり》が横たわっている。

薊が目顔でうながすと菊丸がとっさに身を屈め、その背を踏んで薊は梁へ向かって飛んだ。

さらに萩丸も菊丸の背を踏んで飛び、今度は梁の上から薊が忍び刀を鞘《さや》ごと下ろし、それにつかまって菊丸も飛んだ。

導火線の火は早くも床下の地雷火に近づいている。

薊が忍び刀を抜いて藁《わら》葺《ぶ》き屋根を突いて切り裂き、脱出口を作ろうとする。

萩丸と菊丸もそれに倣《なら》い、屋根をぶち抜きにかかった。

導火線の火が地雷火に着火するのと、薊たちが屋根を突き破って外へとび出したのが同時だった。

轟然《ごうぜん》と大爆発が起こった。

家もろとも炸裂し、火炎を噴き上げた。鴉が慌てて飛び立ち、天空に噴き上げた土砂《どしゃ》と瓦礫《がれき》が霰《あられ》の如《ごと》くに降ってきた。屋根が大きな音を立てて倒壊した。

やがて爆破が沈静化すると、繁みから九頭龍、陽炎、虎竹、耳助が一斉にとび出して来た。

四人が血眼《ちまなこ》で薊たちの死骸を探しまくる。

「お、お頭、どこにも……」

陽炎がおたついて言うのへ、九頭龍は苛立ちで、

「そんなはずはない、探せ」

すると四人の前に忽然《こつぜん》と薊、萩丸、菊丸が現れた。

「やっ、貴様ら」

九頭龍が怒髪天《どはってん》を衝《つ》き、陽炎らに「殺せ」と下知した。

闘いの火蓋《ひぶた》が切って落とされた。

忍び刀と忍び刀がぶつかり合う。

薊たちが縦横無尽に駆けめぐり、果敢に攻撃に打って出た。刃風、刃音が入り乱れ、男たちの怒号が飛ぶ。

「うがあっ」

耳助が薊に脳天から斬り裂かれ、絶叫を上げて転げ廻り、悶絶して果てた。

九頭龍が色をなし、退却を始めた。

「よいか、貴様ら、かならずや息の根止めてくれようぞ」

「落ちぶれ者ども、やがて臍《ほぞ》を噛むのはおまえたちの方であろう」

薊が言い放った。

それに口汚い言葉を浴びせ、九頭龍が陽炎らと共に逃げ去った。

萩丸と菊丸が追いかかるのを薊が止めて、

「追わずともよい。いずれ勝敗はつきましょう」

決意の目を一点に据えて、

「これより江戸に舞台が移り、すべての決着がつくのです」

その「すべて」という言葉に深い意味を籠め、薊は覚悟をつけた。

第四章　元禄十五年・冬

一

九カ月ぶりの江戸であった。

江戸は師走《しわす》に入り、いつ雪がチラついてもおかしくない寒さだった。

本所三つ目の弁天長屋に戻り、早速、薊の部屋で密議が開かれた。

薊、色四郎、萩丸、菊丸が車座となり、まずは赤穂浪士の動向が告げられる。今までは落ち着きのない旅の空だったから、四人揃うのは久しぶりだった。

色四郎は目に緊張を浮かべ、

「いよいよのようでございますぞ、薊様。大石殿は今宵《こよい》十二月二日に深川八幡《ふかがわはちまん》の茶屋を借り受け、そこへ同志方に招集をかけております。しかもこれまでの少数ずつの集まりではなく、五十名近い浪士全員でございますよ。これは今までにないことです。その人数は茶屋から聞き込みましたので、間違いはございませぬ」

浪士方の周辺を駆けずり廻り、聞き込んできた情報を披露《ひろう》した。

「大勢の浪士方が集まるのでしたら、あまりに人目につきはしませぬか」

薊が杞憂《きゆう》を口にする。

「それが薊様、大石殿ときたらうまい名目を考えましてな、頼母子講《たのもしこう》を始めるという触れ込みで、茶屋の方でもまったく怪しんでおりません。そういう集まりが、市中では近頃多々あるのですよ」

頼母子講とは互助的な金融体系のことで、別に無尽講《むじんこう》ともいわれ、数人から数十人の人々が一定の金を出し合い、一定期日に籤《くじ》や入れ札によって、所定の金額を順次融通していくものである。

元禄の今、頼母子講が流行しているので、それを名目に大勢が集まり、討入りの密談をするには恰好の偽装工作と思われた。

薊が萩丸たちへ目を転じ、

「黒脛巾組の動きはどうですか」

それにはまず萩丸が答えて、

「残りが何人いるのか定かでありませぬが、今のところどこにも姿を見せません」

「浪士方の隠れ家は見廻っていますか」

江戸に着到するなり、薊は萩丸たちに命じて何カ所かの浪士たちの隠れ家を突き止めさせていた。おおよその浪士たちは、本所《ほんじょ》回向院《えこういん》裏《うら》にある吉良上野介の屋敷の周辺に隠れ住んでいるのだ。

薊の問いに、菊丸が首肯《しゅこう》し、

「日本橋石町の大石殿親子を筆頭に、本所林町《はやしちょう》紀伊国屋店《きのくにやだな》の堀部安兵衛殿、徳《とく》右衛門町《えもんちょう》の杉野十平次《すぎのじゅうへいじ》殿、相生町《あいおいちょう》の前原伊助《まえはらいすけ》殿、そのほかにもありますが、どこでも黒脛巾組には遭遇致しません」

「妙ですねえ……」

薊がつぶやくと、色四郎が眉根を寄せ、

「連中のことですからいったい何を考えているのやら、ちと計り知れませんな。それにこのところ鳴りをひそめている万鬼斎の消息も気になるところです」

薊がうなずき、

「深川に集まりがあるのなら、われらも警護に出ましょうか。何が起こるかわかりませぬゆえ」

そう言って身支度にかかり、萩丸たちも腰を浮かせた。

すると色四郎がおずおずと進み出て、

「あのう、薊様」

「はい」

「萩丸たちから聞きました。薊様が大石殿と親子だったとは……驚天動地の思いが致しましたよ。そのような大事なことを、なぜもっと早く打ち明けて下さらなかったのですか」

薊が目許に微かな笑みを浮かべて、

「打ち明けていたところで、事態に変わりはありますまい」

「ま、まあ、それは」

「こたびの仕事を始めるに当たり、皆をいたずらに動揺させたくなかったのです。でもこうして機が熟したからこそ、お話ししたのですよ」

「はあ……」

薊のことを水臭いとでも思ったのか、色四郎は少し不服顔である。

二

その日の暮れ六つ（六時）過ぎ、深川八幡前の茶屋に赤穂浪士が集結し、上座の大石内蔵助から「起請文《きしょうもん》」が提出され、これに一同が署名して血判を捺《お》した。起請文とは神の名によって取り交わされる誓約書のことで、別に「神文」ともいうが、大石が全員に提示したのは十カ条から成っていた。それには集合場所、討入り時刻、刀や槍の武具類の点検、そして本懐遂げて上野介の首を討ち取った際、吉良邸から泉岳寺までの引き上げの道順、またもし仇敵を逃した場合はどうするか。さらに同志に負傷者が大勢出た時のことまで、事細かく記されてあった。

ここで大石は同志たちに釘を刺した。

われこそはと焦り、手柄争いなどしてはならぬ。屋敷の内外で、上野介を狙う者も、外で警護に当たる者も、使命はおなじである。そうして各自の役割を徹底するのだと言い渡し、そのあとに大石は静まり返った一同を睨《にら》み廻すようにして、

「討入りは今宵より三日後、十二月五日とする」

厳《おごそ》かな声で言い放った。

これは吉良邸出入りの何人かの学者や茶人に浪士たちが接触し、十二月五日に吉良邸で茶会が催される、という情報を得た上での決断であった。

浪士たちは商人や町人に身をやつし、なかには文武共に優れた者もいて、茶道や俳諧《はいかい》の才を発揮し、上野介周辺の人間たちの信頼を得ていた。それゆえの情報漏洩《ろうえい》なのである。

静かななかにざわめきが起こり、一同が張り詰める様子が伝わってきた。三日後ではあまりに時がなかった。

それは大石も承知の上で、これは何事も相手方の動きしだいで決まることであり、そういう日のためにこの一年九カ月を耐え忍び、艱難辛苦《かんなんしんく》の末にようやっと辿《たど》り着いた僥倖《ぎょうこう》である。それだけにこの機を逃さず、亡君のために命を投げ出そうぞと、大石が低く、抑えた声で言った。

仇討《あだうち》――。

それだけのために、今日まで一途《いちず》に生きてきた浪士たちであった。待ちに待ったその日を迎えるのである。

蓟は茶屋の縁の下に潜み、聞き取り難くはあったが、

「討入りは今宵より三日後、十二月五日とする」

という大石の言葉だけは耳に入れ、それで床下から這い出てその場を離れようとした。

女中たちが渡り廊下の方から、賑やかに酒料理を運んで来たからだ。

庭木の繁みへ入って闇に溶け込もうとし、薊はふっと不審顔になった。そこで障子の閉め切られた座敷の方を、見るとはなしに見たのである。

最前から漏れ聞こえている大石の声に、どこかで聞き覚えがあるような気がしたのだ。

しかしそれが川崎宿で出会った垣見五郎兵衛だとは、まさかその時は思い至らず、薊はすばやく茶屋を出た。

三

深川から本所へ戻る道すがら、薊は町の感じがいつもと異なり、何やら騒がしいことに気づいた。

茶屋の表に待っていた萩丸と菊丸がつきしたがっている。

三人は黒小袖の町娘姿だ。

立ち止まって町の様子を不審げに眺めている蓟を、萩丸が訝《いぶか》って、

「蓟様、何か?」

と尋ねた。

「こんな刻限に大勢の役人の姿が。どうしたことですか」

それは黒羽織の幕臣たちで、町方同心ではなく、目付方か、あるいはお先手組《さきてぐみ》かと思われた。いずれにしても猛者《もさ》連中で、彼らのピリピリした様子が伝わってくる。

それらが商家の店先に主を呼んで何やら話していたり、また道に積まれた樽《たる》や梯《はし》子《ご》などの邪魔なものを撤去しようとしているのだ。

萩丸が合点《がてん》して、

「ああ、あれのことですか。あれは十二月五日に、将軍様がお側御用人《そばごようにん》の柳沢《やなぎさわ》様のお屋敷をお訪ねになることが決まりまして、それで警戒を強めているのですよ。あと三日後のことですから」

「上様が?」

蓟が眉を曇らせた。

「ええ、将軍様は柳沢吉保《よしやす》様が大のお気に入りですから。しょっちゅうお城を出ら

れてはご訪問を」

綱吉と柳沢吉保の親密な関係は世に知れ渡っていることであり、元禄十五年のこの年、柳沢は幕閣の頂点に登り詰めた絶頂期で、すでに元禄七（一六九四）年には川越藩《かわごえはん》の城主となり、さらに老中首座に列して九万二千石の加増を受けていた。浅野内匠頭の即日切腹、吉良上野介にはお咎《とが》めなしの断を下したのは、この柳沢吉保なのである。

薊の表情がみるみる険しくなった。

そんな日に討入りはできない。

綱吉御成りのことを知らず、大石たちはおなじ日に討入りを決行しようとしている。これはいけない。延期だ。延期をさせなくては大変なことになる。大石たちのこれまでの労苦が水泡に帰するのだ。

「不破殿はいずこに」

「今は堀部安兵衛殿の所に同居しておられます」

菊丸が答えた。

「林町ですね、急ぎましょう」

先を急ぐ薊を、萩丸たちが追って、

「待って下さい、説明して下さい、薊様」

萩丸が言い、菊丸も焦ったように、

「そうですよ、わたくしたちには何が何やらわかりませぬ」

薊は歩を止めぬままで、

「許して下さい、気ばかり先走ってしまいました。実は五日の日に吉良邸で茶会があり、大石殿はその日を討入りと決めました。でもそれでは、上様御成りの警護の只中に決行することになります。そんなことになっては一大事です」

萩丸たちも事の重大さがわかり、

「すぐに止めねばなりませんね」

萩丸が言った。

「浪士方は今頃は深川を出て、三々五々家路に向かっているものと思われます。林町へ先乗りし、不破殿を待ちましょう」

萩丸と菊丸がギュッとうなずいた。

四

本所林町、竪川の河岸《かし》沿いに堀部安兵衛の仮寓《かぐう》はあり、そこは小なりといえども町道場であった。

但しかなりのオンボロ道場で、門は傾きかけ、屋敷全体が古ぼけて煤《すす》け、お化け屋敷のようだから余人は寄りつかない感がした。資金不足の赤穂浪士の貧乏暮らしが、なんとなく伝わってくるような佇《たたず》まいなのだ。

家に灯は見えないので、不破も堀部もまだ帰宅していないようだった。

それで薊と萩丸たちは、河岸に店を出した屋台に腰かけ、蕎麦《そば》を頼んで不破の帰りを待つことにした。

やがて蕎麦を食べ終えた菊丸が、逸早《いちはや》く何かに気づき、薊と萩丸に目顔で教えた。

どこから現れたのか、無数の黒い影がまるで蜘蛛《くも》の群れが這い寄るようにして、堀部の仮寓のなかへ吸い込まれて行ったのだ。

「黒脛巾組です」

薊が萩丸たちに囁《ささや》き、即座に行動を起こした。

三人は屋台を出ると道場の裏手へ廻り、そこから音もなく邸内へ侵入する。

邸内では黒脛巾組の陽炎、虎竹と十人近くの忍びが四方に散らばり、闇に潜んで堀部と不破の帰りを待つ態勢に入っていた。恐らく二人の暗殺が狙いらしい。

これまでは大石暗殺に集中していたが、情勢が逼迫《ひっぱく》してきたせいなのか、浪士たちのつき崩しを狙い始めたようだ。

突如、そのなかから血を吐くような呻《うめ》き声が漏れた。

一同が騒然と殺気立った。

彼らの目から敵の姿は見えず、忍び刀だけがつるべ打ちのように兇暴に閃《ひらめ》いた。首根を斬り裂かれ、腹を刺突《しとつ》され、切断された片腕が宙を飛んで障子を突き破って行った。

恐慌をきたす男たちのなかへ、薊たちが姿を現し、敢然と斬り込んだ。だが男たちも態勢を立て直し、猛然と反撃を開始した。

たちまち怒号と叫喚《きょうかん》の坩堝《るつぼ》となった。

闘いは入り乱れ、真っ暗ななかで敵味方の区別がつかないほどに混乱し、そのなかで薊たちは着実に男たちを倒して行く。

男たちをそこに残し、陽炎と虎竹が逃げを打った。

それを蓟がまっしぐらに追って行く。

萩丸と菊丸が闘いつづけるそこへ、玄関から不破数右衛門が荒々しく踏み込んで来た。

不破は誰何《すいか》もせずにやおら抜刀し、萩丸たちに無言でうなずいておき、問答無用に忍びたちを斬り伏せて行く。堀部安兵衛と並んで藩中きっての使い手らしく、卓越した剣捌《けんさば》きだ。

萩丸と菊丸は刀を引いてそれを見守っている。

やがて残りの数人が逃げ去り、邸内に不意に静寂が戻った。

不破は萩丸たちを見ると、

「蓟殿はどうした」

「敵を追って参りました、われらもすぐに」

菊丸が言い、次いで萩丸が、

「堀部様はどうなされたのですか。ご一緒ではなかったのですか」

不破が苦笑で、酒を飲む手真似をして、

「同志の何人かと酒に流れた。わしはとてもつき合いきれんので帰って来た。それよりここへはなんの用で参った」

萩丸が表情を引き締め、

「お知らせ致したきことが」

「うむ」

「十二月五日の討入りは延期なされた方がよろしいかと。その日は将軍様が柳沢様のお屋敷へ参ることが急遽《きゅうきょ》決まり、役人たちが厳戒態勢に。恐らく吉良邸の茶会も中止になるやも知れませぬ」

「な、なんと……」

少なからず狼狽《ろうばい》する不破に、さらに萩丸が畳み込む。

「このこと、大石殿を始め、同志方に早くお知らせして下さりませ」

「相わかった。忝《かたじけな》い」

不破は飛び出して行きかけ、戸口で歩を止めると、

「わしから薊殿に話したきことがあるゆえ、その旨伝えてくれぬか」

「承知致しました」

萩丸が首肯し、不破は出て行った。

「萩丸殿、薊様が気掛かりです」

「わかっています」

萩丸と菊丸もすぐに裏手から消えた。

五

「があっ」

忍び刀で喉を切り裂かれた虎竹が口から大量の血を吐き出し、草むらへ前のめりに倒れ伏して絶命した。

血刀を下げた薊が鋭く見返ると、陽炎が恐怖の叫び声を上げ、こけつまろびつ逃げ出して行く。

それを薊がどこまでも追い、背後から陽炎の背を蹴った。

陽炎は土手を転がり落ちて行き、すかさず薊が追いつくや、陽炎の胸に白刃を突きつけた。

「ううっ、やめろ、やめてくれ」

陽炎が必死で命乞いをする。

薊は周囲を見廻し、陽炎の襟首《えりくび》をつかんで近くの舟小屋へ引きずって行き、なかへ蹴り入れた。

そこは櫓《ろ》や櫂《かい》、筵《むしろ》などが雑然と置かれた四帖ほどの狭い土間だ。

そこで薊は尚も陽炎に白刃を突きつけ、

「おまえたちの頭の名は」

「上忍の九頭龍様だ。おれたちは九頭龍様のお声がかりで動いているだけなのだ」

「その九頭龍はどこにいる」

「知らん。本当だ。つなぎは九頭龍様の方からしかつけられんことになっている」

「嘘ではあるまいな」

「あんたが怖い、嘘などつくものか」

陽炎が脱力してへたり込んだので、そこで薊の方も一瞬の隙を見せてしまった。その好機を逃さず、陽炎が獣のように襲いかかった。薊の忍び刀を奪って一方へ放り、夢中で飛びかかって来た。

不意を衝かれた薊がぐらっとよろめき、そこへ陽炎が抱きつくようにし、薊を押し倒して馬乗りになった。そしてつづけざまに薊の顔面を殴打して、

「極上の娘じゃな、おまえ。わしが食ろうてやる。骨までしゃぶり尽くしてやろうぞ」

抗《あらが》う薊を押さえつけ、汚れた黒い顔を近づけ、薊の白い首筋に吸いつこうとし

た。

「うっ」

だが呻き声を上げ、陽炎が身を硬直させて動きを止めた。

薊が下から小柄《こづか》を突き出し、陽炎の喉元に突きつけたのだ。

殺されると思い、陽炎はまた恐怖に震え、青褪《あおざ》めて声も出ない。

薊は陽炎を下から押しのけて形勢を逆転させるや、小柄で無造作に陽炎の片耳を斬り落とした。

凄まじい絶叫が上がる。

「九頭龍の許へ案内致せ。おまえが知らぬはずはない。したがわねばもう片方の耳も失うことになる。さらに目を抉《えぐ》り、口も切り裂くぞ」

陽炎は血だらけの耳の穴を押さえ、泣き喚《わめ》き、転げ廻っている。もう一方の手は、切断された耳を大事そうに握りしめている。

そこへ萩丸と菊丸が飛び込んで来た。

「薊様っ」

萩丸が言った。

薊は二人へ無言でうなずいておき、陽炎の残った耳に白刃を突きつけた。

「さあ、九頭龍の許へ案内致せ。知らぬとは言わせぬ」

六

浅草山谷堀の船宿の一室に、九頭龍の姿はあった。

だが九頭龍は畳に額をすりつけんばかりにしてひれ伏しており、日頃の容貌魁偉《ようぼうかいい》な威圧感も失せ、ひたすら縮こまっている。

それはその前に座っているのが雇い主の万鬼斎だからで、九頭龍はこれまでの襲撃がことごとく失敗に終わり、口ほどにもない奴めがと、万鬼斎に責められているのだ。

今宵の万鬼斎は羽織袴《はかま》をつけた武家の身装《みなり》で、黒頭巾《くろずきん》を被って目だけ出している。どこかの藩士のようないでたちだ。

「あの大言壮語はどうした、九頭龍。透波《すっぱ》のくノ一三四、打ち上げ花火が消えるよりも早く仕留めると申したのは、どこの誰であったかのう」

「はっ、返す言葉もござらん」

「なぜ仕留められぬ」

「そ、それは……」

九頭龍の顔が苦々しく歪《ゆが》む。

「腕が及ばぬのか。そちの方が小娘どもより下なのか」

九頭龍は屈辱を味わいながら、

「そうは思いませぬ」

「ではどうしてくノ一どもは生きている。しかも大石もピンピンしておるではないか」

「うぬっ……」

九頭龍のやり場のない唸り声だ。

「もうよい。おまえは見放す。二度と面《つら》を見せるな」

「お待ち下され、今ひとたび機会を。かならずやくノ一どもを」

「聞き飽きた、耳にタコよ」

「万鬼斎様」

万鬼斎は九頭龍を無視し、盃を口に運んでいる。

その右腕の内側は醜く焼けただれ、古い火傷《やけど》の痕が覗いている。

九頭龍はそれにジッと視線を注ぎつつ、身を起こして正面から万鬼斎を見て、

「その火傷について、われは人伝てに聞いたことがござる」

ギクッとしたようになり、万鬼斎が右腕をさり気なく隠した。

「どこぞの城が燃えた折、炎のなかから幼君を助け出した時の火傷でござろう。その恩賜《おんし》として巨額の金子《きんす》を与えられたとか」

「なんの話をしているのだ。九頭龍、もう用はないと申しておる」

「幼君を助け出したるは甲斐の忍び、つまりあなた様のことでござる」

万鬼斎が頭巾の下から冷笑を浮かべ、

「たわけたことを申すな。わしが甲斐の忍びなら、何ゆえくノ一どもと敵対する。理に適《かな》わぬではないか」

「いえ、百鬼夜行のこの世なれば、そういうこともござろうて」

九頭龍が開き直ったような図太い笑みになり、カッと万鬼斎を睨んで、

「おまえ様の正体、確《しか》とこの目で知りとうござるな」

「何い……」

二人が火花を散らせて睨み合った。

それは一触即発の危機を孕《はら》み、二人は同時に刀の鯉口《こいぐち》を切った。

その時だ。

唐紙をぶち破り、血だらけの陽炎が投げ込まれて来た。陽炎は箱膳を倒して畳に突っ伏し、そのままコト切れる。

万鬼斎と九頭龍がサッと立ち上がった。

薊、萩丸、菊丸が隣室から油断なく現れ、二人へ抜き身の忍び刀を突きつけた。彼女たちはすでに忍び装束になっている。

万鬼斎が九頭龍を盾にして、

「九頭龍、ここで男を上げるのだ。今こそ小娘どもを屠《ほふ》れ。さすればそちを見直してやろうぞ」

「おう」

万鬼斎の下知《げち》に九頭龍が抜刀し、行燈《あんどん》に屈んですばやく蠟燭《ろうそく》の火を吹き消した。

そして薊たちへ兇暴に斬りかかった。

三人がパッと散り、九頭龍の兇刃に応戦する。真っ暗ななかで何本もの白刃が危険にぶつかり合った。刃音が炸裂し、火花が稲妻《いなずま》となった。

そのさなか、万鬼斎が障子窓を破って外へ飛び出した。

萩丸と菊丸に九頭龍を任せ、薊が一直線に万鬼斎を追う。

そこは二階だから、万鬼斎は屋根を飛んで身を躍らせ、着地するや一気に船着場まで走り、空船に飛び乗った。竹竿《たけざお》を操り、岸からぐんと離れる。

そこへ薊が追いつき、月明りに照らされた万鬼斎のあるものを見て、ハッとなった。たちまち凍りついたような表情になる。

竹竿を操る万鬼斎の右腕の内側の火傷を、薊は見たのだ。

薊がそこで佇立《ちょりつ》したままでいると、萩丸と菊丸が駆けつけて来た。

「薊様、九頭龍はわれらが仕留めました」

萩丸が言った。

薊は無言だ。

万鬼斎の乗った船は、すでに堀の闇の彼方《かなた》に見えなくなっている。

「薊様、追わぬのですか」

萩丸が言い、菊丸も切歯して、

「薊様が追わぬのなら、わたくしが」

目を血走らせ、空船を探した。だが船は出払っていて一艘《いっそう》もなかった。

薊の様子に萩丸が不審を抱き、

「どうしたのですか、薊様」

「万鬼斎の正体がわかったのです」

萩丸が「ええっ」と驚きの声を発し、菊丸と見交わし合った。

二人は固唾《かたず》を呑むようにして、薊の次の言葉を待っている。

「驚いてはいけませんよ。万鬼斎こそ、われらが甲斐の里の長《おさ》、梵天様でした」

驚愕《きょうがく》する二人を目で刺し、薊は渡し場の方へ向かって、

「船を追いましょう。われらが水練の腕をもってすれば、かならずや追いつけます」

七

夜の静寂《しじま》を破って、鼓《つづみ》の音がひときわ高く鳴り響いた。それにつられたように
その他の囃子方《はやしかた》もここぞと演奏を盛り上げる。
能舞台では演者が優雅に舞っていた。
その能楽を鑑賞していた鶴姫は、思わずあくびを噛み殺した。畳廊下に宴を開き、
酒も少し廻ってほろ酔いのせいもあった。
そこは赤坂喰違外《あかさかくいちがいそと》にある紀州家上屋敷で、二万五千坪弱の広大な敷地である。
父の綱吉はことのほかの能楽好きで、幼い頃からつき合わされてきたが、鶴姫に

とって能は退屈極まりなく、いつも最後は睡魔に襲われることになるのだ。

鶴姫と共に能を鑑賞している夫の綱教の方は、熱心に舞台を見ている。

鶴姫が九歳で紀州家へ輿入《こしい》れした時、綱教は二十一歳で、ひと廻りの年の差による遠慮は今でもつづいている。遠慮は年の差だけでなく、将軍の愛娘《まなむすめ》という距離がそうさせるものなのか、ともかく彼女が二十六歳になった今も二人の間が縮まることはなかった。

鶴姫から見れば綱教は可もなし不可もなしの人で、格別の不満もなく、何も感じない男なのだ。のっぺりしたその顔つきは、近頃では飽き飽きしていた。

あくびを盗み見た日下玄蕃が気を利かせ、綱教に膝行《しっこう》して姫はお疲れのようですと言うと、すぐに許しが出て、鶴姫はようやく解放された。

綱教に挨拶をしてその場を去る頃には、鶴姫の眠気は吹っ飛び、これから居室へ戻って夜食を食べたくなった。

その旨を言うと、つきしたがって来た日下が、お夜食はお躰によろしくございませんと忠告したが、それを無視して居室へ急いだ。

だが居室へ入ると、そこに黒い影がうずくまるようにしていて、それはすぐに万鬼斎とわかったのだが、鶴姫の機嫌はたちまち悪くなった。

このところの万鬼斎の不首尾を、彼女は怒っているのだ。

万鬼斎は最前の武士の身装で、頭巾を被っている。

「何をしに参った」

御簾《みす》越しに、鶴姫が居丈高《いたけだか》に言った。

「いえ、ああ、それがそのう……」

万鬼斎は意味不明の言葉をもごもごとつぶやき、平伏している。不首尾の言い訳をしているのだろうが、鶴姫は聞く耳を持つ気になれず、苛立ちだけが募っている。

日下が万鬼斎に寄って何事か囁き、万鬼斎は身も細るようにしてそれに答えている。

やがて日下が御簾へ入って来て、鶴姫に小声で、

「事がうまく参らぬのはすべておのれのせいで、ここいらで起死回生《きしかいせい》を計り、大石もくノ一どもも一挙に葬《ほうむ》りたいと、そう申しております」

「ふん」

「それにつきましては、金が底をついて参りましたので些少《さしょう》なりとも頂いて帰りたい。さすればもっと凄腕の人斬りを雇い入れることが、叶《かな》うそうなのです」

それを聞くと、鶴姫の目がさらにどす黒い怒りに満ちて、

「盗《ぬす》っ人《と》に追い銭のような話じゃな」

押し殺した声で言った。

日下が苦々しくうなずき、

「はっ、いかにも」

「近こう寄れ、玄蕃」

鶴姫が含んだ目で日下を呼び寄せ、その耳に何事か囁いた。すると日下の目がギラッと光り、確かめるかのように鶴姫を見た。

鶴姫はもう決めたらしく、冷徹な目でうなずいただけだ。

「では、そのように」

日下が一礼して、居室から出て行った。

万鬼斎と二人だけになると、鶴姫は手の平を返したように朗《ほが》らかな態度に一変し、

「万鬼斎、肩の力を抜くがよいぞ。その方のことはもう拘《こだわ》ってはおらぬゆえ、引き続き頼む」

「うへへっ、姫様からそのようなお言葉を頂けるとは。万鬼斎、泪《なみだ》が出るほどに嬉しゅうございます」

「勝敗は時の運じゃ。いつかその方にも運がめぐって参るであろう。今宵は酒《ささ》など

酌《く》み交《か》わし、別れようではないか」

「はっ、恐悦至極《きょうえつしごく》に存じ奉《たてまつ》りまする」

それから鶴姫は当たらず障らずの世間話などを始め、万鬼斎は恐縮しながらも相《あい》槌《づち》を打っている。

そこへ奥女中ではなく、日下みずからが酒の膳を掲げて戻って来た。

異様に張り詰めた日下のその顔は、引導を渡しに来た地獄の使者のようにも見えた。

八

紀州家上屋敷の裏門からふらりと姿を現すと、万鬼斎はやや酩酊《めいてい》した足取りで歩き出した。

鶴姫のことは、気難しい癇癪《かんしゃく》持《も》ちで扱い難い女と思っていたが、今宵は初めのうちこそ怒っていたものの、どうにか機嫌を直してくれた。

だが金はくれず、残金は大石かくノ一のいずれかを仕留めたらと言われた。初めに仕事を請負った時に幾らかの前金を貰ったが、それとて法外な額というのでもなく、不満は燻《くすぶ》っていた。

(ケチなのだな、鶴姫は)

その時、そう思ったものだ。

だが将軍の娘からの仕事依頼など滅多にないことだから、欲得は抜きにして尽くしてきた。これまでは犠牲ばかりが多く、益は少ないのである。

しかし今宵金は貰えなかったが、どうやらクビはつながったのだ。

(これからだな、鶴姫とのつき合いは)

功を挙げればかならずや報われる時がくると、そう信じて仕事をするしかなかった。

ここいらは武家屋敷ばかりだから、行けども暗黒で灯がなく、まるで黒漆《くろうるし》の底を歩いているような感がした。

パキッ。

枯れ枝を踏む音がし、万鬼斎が鋭い目を走らせた。

三つの黒い影が現れ、万鬼斎を取り囲むようにした。

「やっ、おまえたちは」

薊、萩丸、菊丸を見て、万鬼斎がおののいた。

「梵天様、まさかあなた様がわれらの敵だったとは……これはどういうことでございまするか」

薊は責める目で万鬼斎を睨んでいる。

万鬼斎は顔を隠すようにして、何も言わない。それはしかし彼女らの隙を窺っているようでもあり、不気味だった。

「梵天様、お答え下さい」

萩丸が詰め寄るようにして言えば、菊丸も目に怒りを浮かべて、

「甲斐の村長《むらおさ》が何ゆえ他流の忍びと組んだのですか。しかもそ奴らに命じてわれらを亡き者にせんと、あの手この手で策謀をめぐらせました。梵天様の行いはあんまりでございます」

「なぜ黙っているのです」

さらに萩丸が責めた。

薊は突き刺すような目で万鬼斎を見ている。

万鬼斎はふっと曖昧な笑みになり、

「言わずともわからぬか。戦国の世から遥か遠く離れ、今は元禄、人は皆浮かれてこの太平を楽しんでいる。争いは途絶えて武士は刀を抜かなくなった。それどころ

か、女子供と変わらぬ軟弱な武士ばかりだ。武士道は地に堕《お》ち、商人どもが図に乗り、嘆かわしいことこの上ない。そんな世の中が面白いわけがなかろうて」

「梵天様、われらの問いに答えて下さい」

薊が言った。

「まあ、待て。そこでわしは考えた。こんな世間で忍びが生きて行くにはどうしたらよいか。食えなくて里を離れた忍びはごまんといる。そ奴らを使い、大名家の騒動などに首を突っ込む。培《つちか》われた忍びの技を使い、一件幾らで報酬を得て、暗殺専門に飯を食えぬものか。もっとも、それとおなじことを里を離れたおまえたちがやっているがな、先を越されたの」

「いいえ、それは違います」

強い口調で、薊が言った。

「なんだと」

胃の腑《ふ》の辺りに何かがこみ上げてくるような気がし、万鬼斎は不快にそこを押さえた。

「わたくしたちは利は考えておりませぬ。また暗殺専門でもありませぬ。確かに騒動に首を突っ込んで報酬は得ますが、それはあくまでわれら三人の命の代金なのです。相手方の事情を聞き、得心が参れば引き受けますが、邪《よこしま》であったり理不尽なものなら手は出しません。非道を行ってまで利を得たくはないのです。どんな仕事であっても先様と心と心が通い合わなければ、われらは白刃を抜かぬのです。本音を言えば、乱れたこの世を鎮めたいだけなのですよ」

万鬼斎は唇をひん曲げて聞いている。

「梵天様は戦国の世に戻ればよいとお考えかも知れませぬが、わたくしたちはその逆なのです」

「ふん、そんなものはきれいごとだ。青臭くて話にならんわ」

薊の言葉に、万鬼斎が吐き捨てるように言う。

それに構わず、さらに薊がつづける。

「梵天様、わたくしはあなた様に甲陽流忍法を教えられて育ちました。この萩丸、菊丸もそうです。幼いわたくしたちにあなた様は人の道を説かれ、まっとうな忍びの生きる術《すべ》を教えて下さったのです。それを守ってわれらは今日まで来ました。世間の移ろいなどに惑わされないで下さい。悔い改め、元の梵天様に戻って下さいまし」

万鬼斎がせせら笑って、

「昔のわしは確かに高邁《こうまい》な理想を持っていたやも知れん。おまえたちに教えたことは間違いではなかったつもりだ。しかしまあ、あえて言うならわしは時の変化や荒波に押し潰されたのかな。金にさえなればそれでよい。そう考えるようになったのだ。そのためなら、今や野盗にも山賊にもなろうぞ」

万鬼斎がゆらりと動き、それでも蓟たちを睥睨《へいげい》することは忘れず、

「今のわしには忍びの流派もへったくれもないのだ。信玄公の流れを汲む透波《すっぱ》として生きてきたが、ある時天敵である謙信公の軒猿どもと交わるようになった。それで梵天と万鬼斎の二つ名を持ち、姿も変え、二つの砦の長《おさ》となって君臨していた。それで元よりわしには、別々の人間になれる才覚があった。人格も具わっていた。それでこうして、うまく泳いできたつもりだったのだが……」

嘯《うそぶ》くその姿は、だがどこか弱々しかった。

それもそのはずで、臓腑《ぞうふ》から再び不快なものがこみ上げてきて、万鬼斎はまた腹の辺りに手をやった。その不快なものに戸惑っているのだ。

「その御説を貫かれるなら、われらはあなた様を斬らねばなりません。そんなことはさせないで下さい」

悲愴ともいえる蓟の声だ。

「笑わせるな。おまえたちが束になってかかっても倒せる相手ではないぞ」

万鬼斎がすらりと刀を抜いた。

薊たちがパッと退き、身構えた。

「おお、その構えはなかなかよいの。隙がない。薊と萩丸はできている。したが菊丸、おまえはまだ力が足らぬようだ」

菊丸が泣きっ面になって、

「ど、どうしてわたくしに梵天様が斬れましょう。斬りたくないのです。どうか薊様の申される通りにして下さい」

「ホホホ、おまえは相変わらず甘い。元より泣き虫であったからの。里ではみそっかすと呼ばれていたのを憶《おぼ》えているか。そんなことでは長生きはできぬぞ」

やおら菊丸に鋭く斬りつけた。

それより速く、菊丸は後方に飛んでいた。

次いで、万鬼斎の返す刀が薊の胸許へ走った。

その白刃を薊の刀が受け止め、強靭《きょうじん》にはね返した。同時に萩丸の剣先が万鬼斎の胸に突きつけられた。

弾みで万鬼斎がぐらっとよろけ、そこでうっと呻き声を上げるや、刀を放ってもがき苦しみ出した。

薊たちは何が起こったのかわからず、茫然《ぼうぜん》と見守っている。

万鬼斎はうずくまり、顔面が蒼白《そうはく》となり、そして全身を震わせて、

「しもうた、わしとしたことが……まさか、こんなことになるとは……」

薊が冷静に万鬼斎に身を屈め、

「梵天様は紀州のお屋敷から出て参りましたな。雇い主は紀州侯なのですか」

「ち、違う、紀州侯ではない。紀州に嫁いだ鶴姫様、すなわち将軍様のひとり娘だ。それがわしを雇い、大石暗殺を依頼した。だがわしの不首尾にお怒りになられ、別れの盃に事寄せて一服盛ったのだ。不覚であった。まさか毒を……」

すでに万鬼斎には死相が表れている。

そして悲喜の入り混じった複雑な表情になり、おのれを見下ろしている三人を順ぐりに眺めやって、

「成長したな、おまえたち。わしは嬉しく思うぞ。これからも、忍びとしてわしの教えを守って生きるがよい……」

さらに言いかけ、ひと声大きく叫び、そこで万鬼斎はコト切れた。

手の施しようがなかった。三人は暫《しば》し沈黙し、無念の目を見交わし合った。

あまりに無残な死だった。その昔にこの男は、高邁な理想を薊たちに叩き込み、人として、忍びとして、生きる手ほどきをしてくれた師だったのだ。理想を果たせず、道を違えた梵天という男が哀れだった。

やがて萩丸が口を切り、

「薊様、何ゆえ鶴姫君が大石殿暗殺を企《くわだ》てるのですか」

「このままでは赤穂の方々の人気が高まり、将軍様のお立場がなくなるからでしょう。父を思う娘心と、受け止めましたが」

「それだけでしょうか」

「わかりませぬ。鶴姫という人を知りませんから。でもこうして梵天様を使い捨てて毒殺をするくらいなのです、ご気性の烈しい御方なのでしょう。是が非でも大石殿を仕留めるためには、さらに第二、第三の梵天様を雇うのでは」

「果てしがありませんね、われらの闘いは」

薊がうなずき、

「赤穂の方々が仇討本懐を遂げるまでは、この仕事は終わりません。鶴姫様は眼前の敵なのです」

薊は万鬼斎に合掌して祈り、萩丸たちをうながして身をひるがえした。

九

不破数右衛門の知らせで、十二月五日の討入りは延期となった。

そのことで大石内蔵助は、目の前が真っ暗になる思いがした。

事ここに及び、好機が逃され、もしや武運は吉良上野介の方にあるのか、とも思った。ジリつくばかりだった。座して死を待つような心境に陥った。また切迫したこの時期に、脱盟者も相次いでいた。

小山田庄左衛門《おやまだしょうざえもん》、田中貞四郎《たなかていしろう》、瀬尾孫左衛門《せおまござえもん》、矢野伊助《やのいすけ》……残った同志は四十八人となった。

大石は去る者を追う男ではなかった。苛立ちを隠せず、日本橋石町の公事宿小山屋で、この数日酒に溺れていた。しかしいくら飲んでも酔えなかった。

公事宿とは公事（訴訟）を抱えた者が地方から江戸へやって来て宿泊する宿のことで、通常の旅籠とは異なり、長屋式の造りになっている。

公事が長引き、長期滞在になる場合が多いから、大石はそこに息子の主税と隠れ住んでいた。公事の事情を抱え、近江の在から出て来た浪人親子というふれこみだ。

心が弱くなった時、瞼《まぶた》に浮かぶのは妻理玖と六人の子供たち、そして遠い昔の琴音だった。

さらに薊の顔を思い浮かべ、大石は烈しい自責の念を覚えた。本音を言えば、薊とはまっとうな親子として会いたかったのだ。

やがて十二月十一日になって、大石の許に吉報がもたらされた。

同志の横川勘平《よこかわかんぺい》三十六歳が、

「十二月十四日に、吉良邸で年忘れの茶会が開かれる」

という情報をつかんできたのだ。

知らせを受けた大石は、瞬時にそれが天の啓示のような気がした。十四日は、亡君浅野内匠頭の命日だったのである。

吉良邸に出入りしているある僧侶に横川は取り入り、懇意《こんい》にしていた。その僧侶から得た朗報であった。茶人でもあった僧侶は字を書くのが不得手で、よく達筆の横川に代筆を頼んでいた。それが昨日になり、横川が僧侶に呼ばれて行ってみると、一通の書状を見せられた。その返事を代筆して貰いたいと言うのだ。

文面を見た横川は内心で欣喜《きんき》した。神はわれらをお見捨てにならなかったと思った。それは吉良邸からの僧侶への茶会の知らせで、

「極月《ごくげつ》（十二月）十四日に年忘れの茶会」

と記されてあったのだ。

横川は天にも昇る気持ちでその返書を吉良邸へ届け、その足で大石の許へ駆けつけたのである。

しかしそれだけで迂闊《うかつ》に飛びつくことはできなかった。大事を決行するのだから、さらなる裏付けもとりたかった。

大石が高鳴る胸を抑え、他の同志にこのことを伝え、情報を掻き集めるように命じた。

すると間もなく大高源五《おおたかげんご》三十一歳からも、同様の情報がもたらされた。大高もやはり吉良邸出入りの茶人に取り入っていたのだ。

それで、

「十二月十四日、討入り決定」

となったのである。

実に討入りの三日前であった。

そしてそのおなじ日に、同志の毛利小平太《もうりこへいた》が脱盟した。彼は元は二十石五人扶持《ぶち》の大納戸役だったが、江戸に来てからは中間《ちゅうげん》となって吉良邸に潜り込み、熱心に間諜をつとめていた。それが突然の失踪《しっそう》をしたのだ。

毛利が最後の脱盟者で、残る赤穂浪士はこれで四十七人となったのである。

十

十二月十四日の討入りの前夜に、薊は不破につなぎをとり、本所二つ目橋の上で待ち合わせをした。

それで弁天長屋を出て河岸沿いに歩いていると、眼前に男の影が二つ、薊を待つように佇んでいた。

寄って行くと一人は色四郎で、もう一人は水戸家用人片倉靭負《かたくらゆきえ》であった。

「これは……」

薊が恐縮して寄って行き、畏《かしこ》まった。

「御用人様の方からわたしにつなぎをつけて参られましてな、薊様にお話し致したいと」

色四郎が薊に寄って囁く。

「久しいの、薊」

片倉は柔和な笑みを薊に向けると、

「そこ元の働き、逐一色四郎より受けておるぞ。ようやってくれている。殿も感心しておられた」

「申し訳ありませぬ、本来わたくしの方から出向かねばならぬところを……」

そんなことはよいのだ、と片倉を手をふって、

「いよいよであるな、薊。仇討はうまくゆくかの」

「はっ、われらが影にて、なんとしてでも」

「殿は仇討のあとをお考えじゃ。仇討熱が高まり、ほかにも大石殿を始め赤穂の面々を召し抱えたいと申す大名が、あちこちにおるそうな。それで水戸家としても焦っている」

気の早い話を聞くようで、薊はなんとも答えようがない。

「よいな、確と頼むぞ」

「畏まりました」

薊が一礼して行きかけると、片倉がその背に、

「大石殿には会うたのか」

「いえ、まだそれは……」

「そこ元の心中、察するに余りあるぞ」

「有難う存じます」

片倉へ感謝の目を向け、それで薊は二人と別れて二つ目橋へ向かった。

夜空は重い雲に覆《おお》われ、星はひとつもなかった。

凍《い》てつく寒さは、薊の若い肌を突き刺すようであった。

討入りの日取りが決定し、浪士たちはすでに準備に動いており、その周辺から薊は討入りの情報を得ていた。

薊が橋の上に佇んでいると、背後から足音が近づいて来た。

不破かと思ってふり向いた薊に、いきなり兇刃が空を切って見舞われた。

とっさに薊は飛びのき、隠し持った忍び刀をすばやく抜いた。

相手は巨岩のような浪人であった。

「何をなされるか」

薊がきつく言い放つと、浪人はにやりと笑って、

「知れたこと。魑魅魍魎《ちみもうりよう》のおまえを斬る」

魑魅魍魎と言われ、鼻で嗤《わら》うくらいの余裕はあった。恐らく浪人は鶴姫に雇われた刺客に違いない。赤穂浪士を始め、その周辺にうごめく人間を片っ端から制裁し

てゆく腹のようだ。

だが対峙《たいじ》してみると、薊は息苦しいような圧迫感を覚えた。

かなりの使い手らしく、浪人に隙はなかった。

浪人が大胆に踏み出し、刀を唸らせながら的確に薊に斬りつけてくる。

薊は防戦に必死だった。

不意に、雪が舞ってきた。

忍び刀を握る手が凍えそうだ。

「とおっ」

突進して来た浪人が、突如動きを止め、仁王立ちになった。カッと目を剝き、口許を震わせている。

薊は不可思議な目で見守った。

やがて浪人が息絶えてどたっと橋の上に倒れると、その後ろに血刀を下げた不破が立っていた。

「ああっ、不破様」

薊が喜色し、叫ぶように言った。

不破はにかっと男臭い笑みを浮かべると、

「たまにはわしが助けんとな、立場がない。これで面目が立ったぞ」

内緒の話があるからと、河岸に店を出した屋台の親父に金をつかませ、どこかへ行って貰った上で、薊と不破は床几《しょうぎ》に並んで燗酒《かんざけ》を飲むこととなった。それで少しは躰が温まった。

雪はしだいに勢いを増してきていた。

「垣見五郎兵衛殿の名を憶えておられるな、薊殿」

「………」

不破が何を言いだすのかと、薊は啞然《あぜん》として彼の横顔を見た。なぜ突然垣見五郎兵衛の名が出るのか、腑に落ちないでいる。

「あれがな」

不破は薊を見ると、

「あれが大石内蔵助殿であった。つまりそこ元の父親なのだ」

「………」

薊は烈しく動揺し、すぐには言葉が出てこない。

川崎宿で昼飯を共にしたあの田舎臭い旅の浪人が、大石だというのか。しかしそう言われれば、いろいろと思い当たる節があった。やさしげな垣見の口調にのせられ、薊は甲斐の出であることや、母親の琴音のことまで明かしてしまった。だがそれはあくまで、垣見がゆきずりの浪人と思えばこそであった。騙《だま》されたような気がした。あの父親は身分を偽って娘に近づき、何をしようとしたのか。

「そこ元と別れたあと、ご城代は父親としてのそこ元に寄せる思いを、このわしに語ってくれた」

「……」

「そこ元が誤解をしていることがあるようなので、それをわしが正すつもりで来た。僭越《せんえつ》ながら、わしの話を聞いてくれ」

「誤解などしておりません。父が母を捨てたことに変わりはないのですから」

「そこが違う。捨てたのではないのだ」

「えっ……」

「そこ元の母御の方から身を引いたのだよ。そこをよくわきまえてくれ。琴音殿はそこ元を身籠《みご》もり、ご城代に迷惑をかけたくないという思いから行方をくらました」

「……」

「それにな、琴音殿とのことは決して戯《たわむ》れではなく、二人とも真剣だったとご城代は申された。詭弁《きべん》ではなく、真の声とわしは受け取ったぞ」

「……………」

「二人の仲は所詮《しょせん》は徒花《あだばな》であり、実を結ばぬ花、また結ばれてはならぬ縁であったとも、ご城代は申された」

「……………」

「それゆえ、琴音殿のことは今でもご城代の胸から消え去らずにいる。時に恋しさに胸締めつけられることもあるそうな。それにな、娘でありながら、薊殿を一度もわが手で抱いてやれなかったことも悔やんでおられたぞ」

「……………」

「わかってくれるか、薊殿」

長い沈黙が流れた。

やがて薊は硬い表情のままで不破を見ると、

「わたくしは母は捨てられたものと一途に思い込み、それで長いことわだかまっておりました。それが誤解と申すなら、確かにそうかも知れません。されど……」

「なんだ」

「いえ」

薊が口を噤《つぐ》んだ。

「ご城代のお立場も考えてくれ」

「はい」

「ご城代も琴音殿も若かった。過ぎ去りし昔には誰しも悔いを残すことが多かろう。落ち度のない若者などいないのではないか。このわしとて……」

薊が不破を見た。

不破はほろ苦いような笑みになり、

「わしはな、ご主君長矩《ながのり》様と喧嘩《けんか》をしてしまったのだよ。愚かな家来であった。原因は些細《ささい》なことで、売り言葉に買い言葉、主君に出て行けと言われ、こんな藩にいられるものかと後ろ足で砂をかけて藩を飛び出した。そのわしも若かったな。しかしすぐにおのれの非に気づき、悔やんだよ。だから浪々《ろうろう》の身になりながらも他国へ行けず、みっともなく赤穂の周りから離れられずにいた。殿のお怒りが解けるのを待っていたのだ。そんな時に殿中での刃傷《にんじよう》事件が起きた。長矩様は即日切腹と相なり、後日城明け渡しの御沙汰《おさた》が下った。その騒動のさなかにわしは決意をした。それまでの恩に報いることに決めたのだ」

「わしが馳《は》せ参じるとご城代は心暖かく迎えてくれ、共に江戸へ参り、主君の墓前で仇討を誓った。主君に人徳があったればこそ、わしはこうして立ち戻る気になった。またそれを迎え入れてくれたご城代も、立派な御方なのだよ。そうしてわれらは結束し、事ここに至った。ご城代は大事の前に立ちながらも、琴音殿のことを忘れることなく、そこ元への思いも持ちつづけておられる。そういう御方なのだ、ご城代は」

「……」

「薊殿、心を解かしてくれぬか」

「いえ」

「ならぬか」

「そうではありません……わたくし、恥じ入るばかりでございます」

薊の声が小さい。

「そんなことはない、事情を知らなかっただけのことだ。母御は若くして亡くなられたそうな、それだけにご城代をお恨みする気持ちもよくわかるぞ。しかしもう子供ではないのだ」

「……」

「はい」

不破は澄みきった薊の目を確かめるように覗き込むと、莞爾《かんじ》とした笑みになり、

「ではもうよいのだな。そこ元の心が変わりしこと、晴れたこと、ご城代に伝えてもよいな。さすればわれらも安堵して討入りに向かえる」

「討入り……」

その言葉がズシンと薊の胸に落ちた。

「そうだ。いよいよ仇敵吉良を討ち取るのだよ。その日をどれだけ待ったことか。その日のためにすべてがあったのだ」

「仇討本懐の、そのあとは……」

「そのあとはない」

「不破様」

薊は身を切られるような思いがした。

父の大石のことはよくわかったが、この不破数右衛門という男にも、薊は胸の傷む思いがした。年の差はあれど、こういう潔《いさぎよ》い男が好きだった。お上の理不尽に立ち向かい、武士道を貫こうとしている偉い男だと思った。

「今生の訣《わか》れぞ、薊殿」

不破が盃を掲げた。

薊もそれに倣《なら》い、酒を干した。

その一杯は肺腑《はいふ》を抉《えぐ》るような苦さだった。

不破はおもむろに席を立つと、

「われらの首尾、祈っていてくれ」

「むろんでございます、ご武運のあることを願っております」

「うむ、さらば」

雪の降り積もったなかへ、不破は静かに消えて行った。

薊は悄然《しょうぜん》とうなだれ、暫し動けないでいる。

どんなことがあっても、赤穂浪士に仇討を成就《じょうじゅ》させてやりたかった。そして不破も、大石も、生きて還《かえ》って欲しかった。

(詫びよう、父へ詫びよう)

その思いが胸に突き上げてきた。

だが日本橋石町の小山屋を訪ねると、大石親子はすでに引き払い、いずこともなく姿を消していた。

討入りの前夜ゆえ、どこぞに潜伏したものと思われた。時がなかった。もはや探す術は見つからなかった。

小山屋を出たところで、萩丸と菊丸が駆けつけて来た。

「薊様、鶴姫君が雇ったと思われる浪人の群れが、回向院辺りに集まっております。恐らく討入りを阻止せんと、待ち伏せしているものと」

萩丸が頬を紅潮させて言った。

そうはさせてはならじと思った。

(父を、浪士方を護《まも》らねば)

薊の胸に紅蓮《ぐれん》の炎が燃えた。

十一

明けて翌日となり、大石ら四十七士は目立たぬように泉岳寺に集合し、亡君浅野内匠頭への仇討を改めて誓った。

誰も口を利かず、押し黙ったままで祈禱《きとう》した。

そこで一旦解散をし、おのおのの隠れ家へ戻り、夜を迎えて討入り装束に身を固めた。

その装束は大石が、「討入りの心構え」に定めた通り、全員が地味な黒小袖を着用した。合印として、小袖の袖に白の晒《さら》し布を縫いつけ、右袖に墨で姓名を書き記し、討入りの際の目印とした。

後の世に、舞台で演じられた「仮名手本忠臣蔵《かなでほんちゅうしんぐら》」の四十七士の派手な火事装束は事実ではなかった。

また小袖の下には鎖帷子《くさりかたびら》を着込み、手《て》っ甲《こう》、脚絆《きゃはん》、帯にも鎖を入れ込んだ。

これらの装備に加え、武具は槍十二本、薙刀《なぎなた》二ふり、野太刀二ふり、大弓二張り、半弓二張り、鉞《まさかり》二丁、掛矢《かけや》（大型の木槌《きづち》）六本、玄能《げんのう》（鉄製の大槌）、大鋸《おおのこ》、金梃《かなて》子《こ》、梃子、金突き（銛《もり》の一種）各二丁、金槌六本、鎹《かすがい》六十本、竹梯子《たけばしご》四丁、細引《ほそび》き十六筋を揃えた。

さらに竹の小笛、玉火松明、龕燈《がんどう》なども用意した。

集合場所は本所林町の堀部安兵衛宅、本所徳右衛門町の杉野十平次二十七歳宅、本所二つ目相生町の前原伊助三十九歳宅と、神崎与五郎《かんざきよごろう》三十七歳宅の共同店である。

堀部と杉野の所は町道場だから、多少の人が集まっても怪しまれることはなかった。

こうしてあくまで隠密に、役人などに見つからぬよう、事は粛々《しゅくしゅく》と行われたのである。

そして十二月十四日の丑三《うしみ》つ刻《どき》、同志たちはそれぞれの住居を出て、二度とそこへ戻らぬことを承知で、悲壮な決意を胸におなじ本所の吉良邸へ向かった。

雪はやんでいたが積雪高く、ギシギシと凍った雪を踏みしめながら、赤穂浪士たちは黙々と暗夜を突き進んだのである。

十二

そのおなじ頃――。

本所回向院裏の無人の見世物小屋に、十人余の浪人団が不穏な様子で屯《たむろ》していた。

そこはこの夏の大風で小屋の半分が吹っ飛び、一座に死者が出て解散の憂き目に遭ったもので、破れ太鼓《だいこ》や葛籠《つづら》や長持《ながも》ちなどが泥を被って放置されたままになっていた。だから半分だけ夜空が覗き、星が瞬《またた》いていた。

浪人団はいずれも食い詰め者なのだが、どれも一騎当千の面構えをしており、選りすぐりかと思われた。

そこへ物見に行っていた浪人の一人が、血相変えて駆け込んで来た。

「始まるぞ、いよいよ始まるぞ。赤穂浪士の討入りだ。続々と吉良邸に集まって来ておるわ」

浪人が気を昂らせ、西国訛《さいごくなま》りで言うと、一団が一斉に張り詰めた顔になって身支度を整え始めた。

その時だ。

舞台の方から妙な気配がし、一同が同時にふり向いた。

三味線《しゃみせん》を横抱きにした菊丸が、面を伏せて舞台の上に座っているのだ。

それが陰々と撥《ばち》を打ち鳴らし、

「哀れなるはこの娘にござい。幼き頃より化け物が乗り移り、夜な夜な、あな怖ろしや、これ、このようにして……」

そう言うや、菊丸の首がろくろっ首となってスルスルと長く伸び、高い所からケラケラと笑ったのである。

むろんそんなことで怖《こわ》がる連中ではないから、怯えも慌てもせず、だが油断がならないので刀の鯉口《こいぐち》を切った。

「娘、何奴だ」

一人が堂に入った声で吠えた。

すると首はみるみる縮まり、元へ戻ってうなだれたかと思うと、首が胴から離れてゴロゴロと転がったのである。

浪人たちが気色悪く鈴なりになって首を見やると、それは張りぼての作り物であった。つまりすべてはまやかしだったのだ。

さすがに浪人たちが殺気立ち、ざわつく。

舞台の上手、下手から薊、萩丸、菊丸が現れた。黒装束の戦闘姿になっている。

そして薊が言い放った。

「おまえたちをここに足止めにする。赤穂の方々の邪魔はさせぬ。歯向かえば斬る。戦意なき者は去れ」

去る者は誰もいなかった。鶴姫よりそれなりの手当てを貰っているからだ。

全員が牙《きば》を剥き、抜刀し、三人へ向かって猛然と殺到した。

闘いが始まった。

娘三人は闇に跳び、ひらひらと宙に舞い、あるいは床を転がり、縦横無尽に闘いつづけた。その度に血飛沫《ちしぶき》が飛び、阿鼻叫喚《あびきょうかん》の叫び声が上がり、そこはまるで小さな戦場と化した。しかし戦場にあっても娘たちは匂うようなその若さを隠しきれず、死に行く浪人の一人は耳許で悩ましき乙女の吐息を聞き、熱き息を吹きかけられて絶命した。さほど時を要さずに大半が死に絶え、残りわずかとなったところで、薊たちは鬼女に化身し、殺戮《さつりく》の仕上げにかかった。

折しも、赤穂浪士によって吉良邸への討入りが始まっていた。

表門の一隊の二十三人は、海鼠塀《なまこべい》に竹梯子をかけて邸内へなだれ込み、裏門では掛矢で門が破られていた。それから夜明けまで、浪士たちの長い闘いが始まったのである。

近隣の武家屋敷では上を下への大騒ぎとなったが、やがて境の塀には申し合わせたように一斉に高張り提灯《ぢようちん》が立てられ、浪士方の雪泥の足許を照らし、闘い易くする協力ぶりだった。

吉良邸の西は大徳院と回向院だが、北は旗本寄合の土屋主税《つちやちから》と本多孫太郎《ほんだまごたろう》の屋敷で、東は牧野一学《まきのいちがく》と鳥井丸太夫《とりいまるだゆう》の屋敷であった。それらは本来、討入りを止めねばならない幕府側の人間たちなのである。

しかし誰しもが口には出さねど、お上の理不尽な裁きに怒っていた。そしてこの国の誰もが心情的に赤穂浪士の味方だったのだ。

大石内蔵助はその名も顔も知らぬ侍たちの厚情に恐縮し、四方へ頭を下げ、何度もつぶやいた。

「忝い」

彼の言葉は重々しく、心からの慈愛が籠もり、深い謝意に満ちたものだった。

十三

その夜、鶴姫は夜具のなかでまんじりともせずにいた。

目が冴えて眠れぬどころか、赤穂浪士が吉良邸に討入りをしたとの第一報を受け、怒り心頭に発した。

討入りが成功しようが失敗しようが、世間は天晴《あっぱ》れ忠義の士と、浪士たちをもて囃《はや》し、拍手喝采《はくしゅかっさい》するのは目に見えていた。

それと同時に、父綱吉へのご政道批判が始まるのだ。すべては父を踊らせた柳沢吉保が悪いのだと、鶴姫は思っていた。

彼女の目から見ても、柳沢の判断は間違っていると思えた。吉良上野介にも厳罰を与えておけばよかったのだ。

しかし何もかも後の祭だった。

この元禄太平の世に、武士道を貫いた真の侍たちがいたのである。

胸の悪くなる思いがした。どうしてくれよう。赤穂浪士は全員が切腹するように進言しよう。浪士たちも覚悟の上と思うが、しかしそれを成せばまた浪士たちの姿が美化され、満天下の人気が集まることになる。それでは困るのだ。彼女は歴代将軍のなかで、父こそが第一と思っていた。

さりとて、浪士たちをお咎めなしとはゆくまい。いや、待て、お咎めなしにすれば少しは父の評価は上がるかも知れない。それがよい。柳沢が何を言おうが押さえつけて、将軍のひとり娘の我を押し通すのだ。

逡巡《しゅんじゅん》の末に結論に至った。

（そうしよう、そうしよう、それがよい）

そう思案のついたところで夜具から身を起こし、日下玄蕃を呼ぼうとした。

すると日下の方から鶴姫の寝所へ慌ただしくやって来た。

宿直《とのい》の者へ目通り願う声が聞こえたので、鶴姫の方から出向いた。

「いかがした、玄蕃。赤穂浪士はどうであるか」

「未だ闘いはつづいておるようでございますぞ。決着はついておりませぬ」

「もう夜明けぞ」

「恐らく吉良上野が見つからぬのでございましょう」

「では首級《みしるし》はまだなのじゃな」

「ははっ」

そう言ったあと、日下は恐る恐る顔を上げて、

「姫が雇いし刺客ども、ことごとく討ち果たされました」

「な、なんと」

鶴姫が愕然《がくぜん》となった。あまりのことに、唇がわなわなと震えている。

「なぜじゃ、あの選りすぐりの者どもが何ゆえ滅ぼされた」

「われらの行く先々につきまとっておりました、甲斐のくノ一どもの仕業にございます」

「くノ一どもが……」

「はっ」

鶴姫は腹の底から憤怒が突き上げてきた。

この時から鶴姫の標的は、赤穂浪士から向きを変え、薊、萩丸、菊丸になったの

である。

「その娘ども、かならずやひっ捕え、わらわの前へ連れて参れ。この手で素っ首、刎《は》ねてやる」

烈しい気性を剝き出しにして、鶴姫が言い放った。言いながら、手にした扇子《せんす》をズタズタに引き裂いた。

薊たちとは別の、烈火の女となっていた。

十四

元禄十五年十二月十五日の払暁《ふつぎょう》である。

討入りを終えて吉良邸を出た赤穂浪士の一団は、本所から泉岳寺をめざし、一つ目河岸より御船蔵《おふなぐら》裏通りを行き、粛然と、大川の東岸を南下していた。

吉良の首級は白小袖に包まれ、長槍の先に括《くく》りつけてある。それを担いでいるのは最長老の浪士堀部弥兵衛《ほりべやへえ》七十六歳だ。

すでに沿道には武家、商人、町人ら、ありとあらゆる階層の人々が群れて来ていて、それらが騒ぐことなく、厳粛な面持ちで一団を見守っている。

浪士たちの義挙を喜び、啜《すす》り泣く声が聞こえている。女子供ばかりでなく、男泣きも漏れている。

大石内蔵助の表情はといえば、これがなんともいえぬもので、だが満足の証《あかし》に静かな笑みさえ湛《たた》えていた。

やがて永代橋《えいたいばし》が見えてきた。

先頭を行く大石が、一人の人物に目を止めた。

薊であった。

「おお……」

大石の口から、腹の底から呻くような声が発せられた。

薊はそこに、窈窕《ようちょう》たる美しい娘の姿で立っていた。仇討本懐を祝う、華やかな晴れ小袖を着ている。

大石が万感をこめ、ジッと薊を見た。

薊はその場に土下座をした。

「すまぬ」

ひと言、大石が言った。

薊は何も言わず、顔を伏せている。その肩が小刻みに震えていた。これまでの不孝を心から詫びたかった。できることなら、春風のようなうららかななかを、父に手を引かれ、ふつうの娘とおなじに町を、野山を、歩いてみたかった。未熟なおのれが恥ずかしかった。何かを伝えたかったが、薊の口から言葉は失われていた。

暫し薊のことを見つめていたが、大石はゆっくりと歩み出した。

「お父様……」

ようやくこぼれ出た薊の小さな声を、大石は聞き漏らさなかった。ふり返り、静かにうなずいた。そして心を残しながら、突き進んで行った。

薊は伏したままだ。

隊列が進み、二人の浪士が薊の前で歩を止めた。不破数右衛門と武林唯七だった。

「薊殿……」

不破はそれだけ言うのがやっとだった。

武林は怒ったような顔で唇を噛みしめている。それは不器用なこの男の、精一杯の訣別《けつべつ》の表現だった。

だが二人の顔つきはどこか晴れやかだ。

薊は気丈な顔を上げ、二人へ黙ってうなずいてみせた。

それへうなずき返し、やがて不破と武林も立ち去った。

沿道の人波も一団につづいて動いて行く。

誰もいなくなったが、薊は額《ぬか》づいたままであった。

「お父様……」

もう一度その名を呼び、薊は泣き崩れた。

滂沱《ぼうだ》の泪を溢《あふ》れさせ、声を震わせ、それはこれから父を失う、この世で一番悲しい娘の泣き声のように聞こえた。

参考文献

『忠臣蔵の謎』中江克己（河出文庫）
『忠臣蔵四十七義士全名鑑』監修　財団法人中央義士会（駿台曜曜社）
『元禄―転換期の群像』邑井操（大和出版）
『歴史群像シリーズ・忍者と忍術』（学研）

光文社文庫

文庫書下ろし／長編時代小説
くノ一《くのいち》忍《しの》び化粧《けしょう》
著者　和《わ》久《く》田《だ》正《まさ》明《あき》

2010年9月20日　初版1刷発行

発行者　駒井　稔
印刷　堀内印刷
製本　関川製本

発行所　株式会社　光文社
〒112-8011　東京都文京区音羽1-16-6
電話 (03)5395-8149　編集部
8113　書籍販売部
8125　業務部

ISBN978-4-334-74848-7　Printed in Japan

組版　萩原印刷

お願い　光文社文庫をお読みになって、いかがでございましたか。「読後の感想」を編集部あてに、ぜひお送りください。

このほか光文社文庫では、どんな本をお読みになりましたか。これから、どういう本をご希望ですか。どの本も、誤植がないようつとめていますが、もしお気づきの点がございましたら、お教えください。ご職業、ご年齢などもお書きそえいただければ幸いです。当社の規定により本来の目的以外に使用せず、大切に扱わせていただきます。

光文社文庫編集部